料事如神

张飚 著

天津出版传媒集团

百花文艺出版社

图书在版编目（ＣＩＰ）数据

料事如神 / 张飚著 . -- 天津 ： 百花文艺出版社，
2025. 3. -- ISBN 978-7-5306-9068-0

Ⅰ . I247.5

中国国家版本馆 CIP 数据核字第 2025JB9590 号

料事如神
LIAO SHI RU SHEN

张飚　著

出 版 人 : 薛印胜
责任编辑 : 赵世鑫
装帧设计 : 吴梦涵
出版发行 : 百花文艺出版社
地址 : 天津市和平区西康路 35 号　　邮编 : 300051
电话传真 : +86-22-23332651（发行部）
　　　　　　+86-22-23332656（总编室）
　　　　　　+86-22-23332478（邮购部）
网址 : http://www.baihuawenyi.com
印刷 : 三河市嵩川印刷有限公司
开本 : 880 毫米×1230 毫米　1/32
字数 : 170 千字
印张 : 9.5
版次 : 2025 年 3 月第 1 版
印次 : 2025 年 3 月第 1 次印刷
定价 : 62.00 元

如有印装质量问题，请与三河市嵩川印刷有限公司联系调换
地址 : 三河市杨庄镇肖庄子
电话 : （0316）3654999　邮编 : 065201

目 录
CONTENTS

第一章　隐秘往事

我叫张玄基，在帝朝的环境下生活在平静的小乡村，而我的性格似乎比乡村还要平静。

舍妹叫张璇玑，小我三岁，机灵古怪、聪慧活泼，于我来说算是个对比，关键她还是个小美人胚子。

爹娘给起的小名，唤我大基，唤妹妹二玑。后来可能觉得哪里不对，便唤我作大玄，唤妹妹二璇。看这意思难道他们还要再生个老三？

我很早就好奇，爹娘是有多喜欢"玄机"这两个字，以至两个孩子起了一样读音的名字，也不管是男是女。我宁愿相信我们的出生真的是暗藏了什么玄机，可并没有听说出生的时候天上天下有什么异象发生。

我爹以前是做官的，文武双全。家里有满架的书籍，也有满架的兵器。爹不喜参与朝廷间的争斗，结交了很多江湖上的朋友。也正因如此，为了生死之交，最后连官都不做了，躲到这里开了个酒馆。说是酒馆，但我感觉更像是他在江湖上的据点，隔三岔五，那些侠客大叔们就会神秘地出没在这里。

有一次，我偷听到爹好像是为了帮江湖朋友免除死罪，与皇帝达成协议才离开的朝廷。

爹娘对我没有过高的期盼，也从来不对我说将来希望我如何如何。感觉他们对"生死有命，富贵在天"这句话深信不疑。

但是对妹妹，爹娘却总说这丫头以后能成个人物，所以给我安排了一个身份，就是给妹妹做护卫，要时刻保护她周全。

难道我不是爹娘亲生的？还是我的身份就是个护卫，而妹妹是皇帝遗落在民间的公主？我才不信，所以我也不会太惯着她。

从小看其他的小孩子或三两一伙或六七成群，总要玩耍着什么，过着快乐童年该有的生活，而我却整天翻爹书架上的古籍。爹的藏书算是包罗万象，有的晦涩，有的奇妙，官审讼狱有不少，但诗词歌赋就不多了。我最喜读阴阳术数、疑云谜案之类，大多都还读得通，有实在琢磨不透的就出题为难妹妹一下。没想到她甚是乖巧，能说上一两句的就凭理解应答，说不上来的就去问爹，整得爹越发觉得这丫头是个可造之才。

我对武功亦有很深的执着，记得以前见过爹拳脚英武，刀剑凌厉。爹总说"打死会拳的，淹死会水的"，不会武才不会被别人打死。正如我止水般的性格，索性我不会让爹或是找师傅来教我，大成的武术高手哪个不是有机缘才得以练成？反正爹的古籍中有一些带有人物动作图画的文字，看着像是秘籍之类，自己便照猫画虎地研究起来。

妹妹喜欢跟在我后面有样学样，翻书的时候是，练武的时候也是。我不想承认，但她的悟性实在太高，我需要反复看多遍的内容，她瞬间就能记住，而且能复述、试演得分毫不差。

我总觉得老天爷是有点儿偏心了，虽然我是个男郎，可比起妹妹，我可能只是个男郎而已。

一晃几年到了十七岁，我研究古典秘籍也有了些时日，感觉自己所学尚可，有一天也是闲的，便想找个地方试试身手。

午后我跟妹妹说："二璇，听说前两天后山上来了只老虎，敢不敢去瞧瞧？"

妹妹瞧了我一眼："干吗？怕老虎饿了没饭吃，你做'慈善募捐'去吗？"

我白了她一眼："什么话，老虎饿了不也是吃你吗？你长得好看，关键你跑得慢。"

妹妹看出了我的心思："学了几天拳脚，不知道天高地厚了？爹的兵器你会哪样？你听过空手能打老虎的吗？"

我还没答话，她又抢道："你是想看看我敢不敢去吧？你觉得我胆子小呗？你连我都打不赢，还想打老虎？还是

料事如神

说关键时抛下我，你自己虎口脱险？"

我打断她："你打住，我是那样的人吗？好歹我是你长兄，是你的好哥哥对吧？这不是想瞧瞧咱俩功夫练得咋样嘛，找人试多没有挑战。再说我从爹的书上看到过老虎的习性和捕猎的套路，咱们大概是碰不上的，晃一圈就回来了。我再拿着这个，保准万无一失。"说着，我便拿起了爹兵器架上的盘龙棍，还当着妹妹的面甩了几下。她哪里知道夜里她睡着了之后，我常跑到院子里偷偷练习，也算是小有所成。

我把盘龙棍插在腰上，拿了把带鞘的匕首塞在妹妹手里，跟她说拿着防身，以备不时之需。

秋天的后山景色有些许萧条，但也是别样的风景。地上的泥土伴着枯叶的松软，风似剪刀般掠过，飘荡的落黄让我和妹妹仿佛感觉——这是高手对决的画面。

我心里正想着，哪这么容易碰到老虎，出来晃荡一下，和妹妹过几招，就回家吃饭了，还想着娘说今晚做什么鱼什么肉来着，爹有几个朋友要来如何如何。突然，妹妹扶住一棵树不动了，眼睛直视前方，睫毛微微颤动，整个人好像定住了。

我还没反应过来，她就跟我说话了："哥，我刚才看见老虎了。"

我赶紧环视周围："老虎在哪儿呢，我怎么没看见？你刚才定住了你知道吗？"

妹妹说："刚才我看到老虎了，不是在这里，还要再往林子的深处。额头和耳朵都是白色的，两只圆睁的虎目就这么盯着我。"

"然后呢？"我以为妹妹害怕了，编谎话骗我。

"然后你就拉着我跑，它没有追，仍然只是盯着我们。"她神情自若地说道。

"老虎看见我们还有不追的道理？再说我会跑吗？且得和它大战几百回合，哈哈哈。"我打趣她，缓和一下气氛。

妹妹却说："算了，信不信由你，反正我是亲眼看见的，一会儿你真和它打啊，我给你击掌助威。"

我感觉她这话说得没头脑，心里不以为意，但把腰间的棍子却紧紧攥在了手里。

又走了大约一炷香的时间，忽然疾风落叶，吹得我身背后一阵发凉，自下而上。前方地上、树干上、青石上猛然出现几个很大的爪印，我心知不妙。

我赶紧对妹妹道："话说龙行有雨，虎行有风，没准儿还真让你说着了，你的嘴还能再灵吗？"

妹妹有些紧张："就说我看见了，要再灵点也无妨了，因为它没有追我们。"

正说着，突然一个黄色影子从一个山石堆后蹿了出来，张着大嘴露着獠牙。我心说完了。

我了解过老虎发动攻击的套路，先是震天的咆哮，把对方吓到肝胆皆裂；然后虎视眈眈，足以让对方腿脚发软忘记逃跑；接着纵身扑、压、咬、扫，直奔对方的血管薄弱处。

我惊愕中还在奇怪，这老虎没按套路出牌，也没咆哮，张开嘴仿佛打了个哈欠，然后就趴在前面的青石上了，但是眼睛还是盯着我们。

我把手中的棍子又握紧了一些，但还是没敢动，细细观瞧，发现这老虎还真是白额头和白耳朵。难不成妹妹还有未卜先知的能力？唉，老天爷呀，你还有啥赏赐要全集在一人身上！

我想提醒妹妹把匕首拿出来做点准备，却只见她一屁股坐在了地上，这是要准备舍己救我？算了，这情形给她啥估计都不管用了。六目相对片刻之后，我想起了她的灵嘴所说，索性拉起她来就跑。

"先不用跑了，我有话说。"妹妹拉住我道。

"你不会真以为它不饿吧？还是真要看我搏斗献身？"我反问道。

"它不会追我们，也不会吃我们，等下跟着它走就行了。"妹妹说得莫名其妙。

"……"我没明白。

只见白耳大虎慢慢眯上眼睛，趴在那里像睡着了一般，我俩就在原地站着。

我问妹妹："现在什么情况，你还真能预知后事？"

她答道："我也不知道，就是能看到一些画面，身临其境的那种。刚才我坐在地上又看见了，一会儿它会带着我们去个地方。"

我说道："看来此虎并非凡物，咱俩莫不要成传奇了？"我一边将盘龙棍插回腰间，一边想着接下来的事该如何。

大约一炷香后，"白耳朵"站起身来抖擞了一下精神，摆头示意我们跟着它走。看着天色尚早，我和妹妹一对眼神，便走上前去。

"小神童，接下来会有什么情况？快算算。"我又开始打趣她。

"不是我自己想看就能看见，我也不知道什么时候才行。"她答道。

"按说没道理呀，老天爷真是待你不薄，都快让你成神仙了，你以前怎么没有和我说过这事？"我问她。

"以前没有，就是刚刚才这样的，我不知道。"她正说着，突然又定住了一下，"一会儿有个东西需要我们挖一挖。"

大约又一刻钟之后，"白耳朵"停了下来，在一棵杨树的下面，示意我们土里有东西。我摸了摸松软的地面，拿出妹妹带的匕首，一边挖一边琢磨妹妹预知的规律，她难不成是只能看到一刻钟之后的事情？

我还没来得及和妹妹说这事，眼前的土坑里就出现了一颗人头。

我俩都很淡定，凶杀谜案看多了，也见怪不怪。这人头看着像刚被割下来不久，头发散乱着，是个女人的头。

妹妹问我："现在怎么办？"

我拎着头发将人头提起来："是福不是祸，是祸躲不过，回去找爹商量。"

然后我转过头问"白耳朵"："你可要跟我们回去？"

天已露出暮色，街上已无多少行人，我们两人一虎一人头躲避着摸回了爹的酒馆。酒馆里只有爹和另外两个人，一人身着捕快的服色，另一人是江湖打扮。我让妹妹和"白耳朵"在后院等着，便独自拎着人头从后门进入。

"看我找到个好玩意儿！"我说着，把人头"砰"的一下放在了旁边的桌子上。

"这是你找到的？"爹并没有感到很奇怪，另外两个人倒是面露喜色。

"啊，说来话长，还有妹妹和一个大'白耳朵'，说出来您都不信——"

我还没有说完，捕快就发话了："张大人，我说什么来着？令郎令爱果然不是一般人，有胆色。"紧接着他又看向我："碰着小老虎了？让他们也进来吧！"

妹妹在门口听见了，带着"白耳朵"就推门而入，我尚在雾里，妹妹倒没动声色。

爹发话了："二璇，你和大玄出息了，爹不想让你们卷入世间的是非，奈何天意如此呀。来，先见过沈捕头和段三伯。"

我和妹妹同时抱拳作揖："沈捕头，段三伯。"

这两人似乎很是眼熟，应该在我很小的时候，他们经常和爹在一起，后来就不总见了。

沈捕头道："没想到你俩小小的年纪，竟有这番胆量，看见老虎腿还未软，后生可畏呀，哈哈哈。"

见我们还是一脸迷惑，他继续道："它叫白耳郎，是只难得的神虎，你爹当初不少案子都是它帮忙破的，现在只有重大案件才会请它出山。怎么，你爹没和你们提起过吗？"

段三伯接口道："你还不知道张大人的性子吗？天大的事情都自己扛，娃娃们都还小，说那些事情让娃儿们跟着担惊受怕干什么。哈哈哈，来，干一杯。"

喝过酒后，见我爹面带犹豫之色，欲言又止，段三伯便大声道："张大人，事到如今，还有什么不能说的？您少年便已成名，破过奇案无数，哪承想为了朋友竟断送了自己的前程，总要后继有人才是啊！"

沈捕头亦说道："是啊，现在您有特命在身，不便远行，一些案子的情况也只能靠我二人跑腿传递，得您指点一二，若不是此次将白耳郎带来，又怎知冥冥之中，到了您一双儿女崭露头角之日？"

我和妹妹听得出神。对于爹的往事，爹未曾提起，我们也未曾问过，娘更是缄口不言。现在两位大叔你一言我一语，勾起了我和妹妹十足的兴趣，但又不知这兴趣的背后是不是天大的麻烦。

妹妹一改往日腼腆的性格，突然说道："爹从未对我们提起过去，还望二位叔伯不吝相告，有需要我和家兄的地方，我二人定义不容辞。"

我委实被妹妹的江湖豪气和话语惊讶到，这小丫头几时学的这般说话，你义不容辞干吗要拉上我？

沈捕头喝了口酒，深深地望了我爹一眼，朗朗说道："也罢，既是天意，那就说来。你们可知你们的爹，就是这位张大人，以前可是赫赫有名的大理寺少卿，兼任刑部左侍郎，年少时就已文武双全，精通数理，屡破奇案。那年科考时，考场发生了夺魂索命案件，搞得人心惶惶，很多人宁可不要功名也要离开那考场。幸得张大人也是当时的考生，几下就瞧破了那杀人的伎俩，并锁定了真凶，还将泄漏考题、报复仇杀的事情都给揭露了出来，一一查明，得到了皇帝的大加赞赏。加上你爹的功名在前三甲，他直接就被录用为大理寺少卿，后因断案屡建奇功，为皇帝解决了很多头痛的事，使得皇帝一再封赏，连刑部的事也让他管了。"

　　段三伯也喝了口酒，道："要说张大人当年真是风光无限，皇帝都有意将爱女许配给他，可是我们的张大人一心都在案情和百姓身上，更不想参与皇家尔虞我诈的争斗，就谎称自己已有了婚约，不日即将完婚。但欺君毕竟是大罪，他怕皇帝查下来人头都不保，便干脆找个理由出了趟远差，不想半路上遇到山贼抢劫。凭张大人的身手，根本没把几个山贼放在眼里，几下就轻松地料理了，但张大人心怀恻隐，并未伤他们性命，只希望他们可以改过自新，便要放他们走。就在这时，张大人看到山贼的马背上捆着一床被子，有一双女人的脚露在外面，于是就对他们说，如果是掳了哪户人家的姑娘，现在就放她下来，绝不会为难他们。几个山贼刚碰了一鼻子灰，心里正不痛快，就说那是自家的妹子，偷偷跑走去会汉子，他们把她抓回家而已。没等山贼说完，张大人一个箭步加一道剑光，姑娘已从被子里到了张大人的怀里。那几个山贼见势不妙，怕姑娘开口说出真相，赶紧就跑了。"

　　沈捕头笑道："你们知道吗？那姑娘就是你们的娘，哈哈哈，要不说缘分是天定呢，哈哈哈。"

　　段三伯接着道："那姑娘定了神之后，得知自己被救了，就跟张大人说：'感谢大人出手相救，若被那伙贼人掳去用强，我必不自活。我只身一人，世上已无牵挂，但得大人相救，愿随大人左右。如大人嫌弃，则自当别过，恩情他日必当奉还。'张大人还真被这姑娘的胆气和洒脱迷住了，想到欺瞒皇帝婚配的事，竟脱口而出：'我若要你嫁给我，你可怕了？怕的话就此别过。'说完转身就走。那姑娘愣了一下，也被张大人的潇洒所吸引，登时就说：'这世上于我已无可怕，嫁给你又有何妨？今日便完婚如何，你可怕了？'后来她就成了你们的娘。张大人由此不用再东奔西走地跑路，皇帝自然也就没了脾气，还是照样倚重他。"

提起爹娘初识的往事，爹的脸上出现了一丝柔情和微笑，三人又喝了一杯酒。

"说来也巧，你们爹娘在回京的路上，又碰上了那伙山贼。"段三伯接着说，"不过这次他们抢的不是人，而是墙脚的那个大家伙。"他看了看眯在墙脚的"白耳郎"。

"那家伙那年还是个小家伙，被那伙山贼撞见，想把它抓住卖个好价钱，就是不小心弄死了也能卖个虎皮。张大人过去便和那伙山贼说：'这小家伙归我了，你们可有意见？'山贼们哪敢说个'不'字，乖乖地一窝蜂就准备撤退了。走之前张大人对他们说：'放下屠刀即是善，诸位何不找机会光明正大建功立业，似这般偷鸡摸狗何时是头？'那伙人一听顿时愣住，为首的说：'我们何曾不想有所作为，奈何这世道岂容我等施展拳脚，打家劫舍不过是为了口饭吃，敢问大人有何路指教？'张大人哈哈一笑：'诸位若是回去料理好一切，可随时到帝都去找我，到了帝都打听这白耳郎所在便是，它自在我的官府之中。'这白耳郎就跟着张大人回了家，没承想它的灵性可是了得。张大人养着它，它就跟张大人一起出门办案，很多关键的线索和证据都是被它发现的，你们说怪不怪？缉拿凶犯的时候，凶犯一见它，吓得都忘了跑。皇帝后来听说了，封它为'御爪'，张大人后来虽然离开了朝廷，它可还是在职的差使呢。"

我和妹妹听得兴趣十足，白耳郎也露出了得意的神情。妹妹突然问道："那爹为什么离开朝廷，又为什么在这里开酒馆？为什么我们之前从没见过白耳郎？那伙山贼后来怎么样了？今天这颗人头又是怎么回事？"

沈捕头哈哈一笑，喝了一杯酒，道："莫急莫急，一件一件地说来。当时我和段三哥都是你爹的同僚兼手下，我在大理寺，段三哥在刑部。由于经常和你爹一起办案，经历过多次生死，又救过彼此的性命，所以我们都成了八拜之交的兄弟。那伙山贼后来果真来找张大人。张大人见他们真心投诚且掌握一些江湖手段，正是办疑难杂案所需要的人才，就把他们收编在麾下，命名为'释虎司'，还让那个姓乔的头目做了司尉。他们也没辜负张大人的栽培和信任，遇事敢打敢冲，服从命令指挥，倒也立了不少功劳。直到有一次……"

段三伯接言道："直到有一次，我们被人陷害。那晚我和释虎司的人散衙之后去喝酒，刚刚找回了左都御史丢失的官印，还了御史大人的清白，赶上大伙兴致高就多喝了几杯。到了三更天，街上已没有人，我和释虎司的乔司尉一路结伴回家，路过一所大宅院的门前时，听到里面传出一声女人的惨叫，随即从墙头飞出来一个黑乎乎的球状物。我二人上前一番查看，是颗女人的人头！当时我俩的酒就醒了一大半，随即拔出刀来撞开大门就冲了进去。我俩进到院里并没有见到尸体，借着月光看到一个全身白衣的女子蜷缩在回廊的角落里，不知是死是活。待到上前查看问话时，突然不知从哪里飞来两个小包，我俩以为是有人放暗器，下意识地用刀格挡。那小包竟一碰就破，溅得我俩身上和刀上都是鲜血。

"就在这时，那角落里的女子突然大叫道：'杀人啦，采花的强盗先奸后杀啦，救命呀，来人哪！'

"我二人心中大骇，知道事情不对，刚要退出院子，就听外面齐整的脚步声已到院门口，随即就有整装的人马冲进了院子。为首的喊道：'吾乃禁军巡捕营指挥使，夜巡途经此地听到有人呼救，可是有凶犯作案？'随即他看到我二人手里执刀，身上有血迹，不由分说便道：'仔细搜查，先将此二人拿下！'

"我二人被禁军包围，急忙放下刀说：'吾二人非歹人，乃刑部司郎中和释虎司司尉，此事必有蹊跷，还是先

查明……'

"未等我二人说完，已有禁军从屋里跑出道：'回禀卫使大人，屋里有两具无头的尸体，一男一女，人头没有找到。这里还有一个活着的女人。把她带过来！'

"禁军首领直接问那女人：'你是何人？为何在此？你可认识他二人？你与这人命可有干系？'

"那女人道：'大人，冤枉，这里是我姐姐的夫家，我是这本家妇人的亲妹妹，一直跟着姐姐过生活。今晚我睡得早，夜里起来方便，听到姐姐房里有喊叫声，还有刀斧的声音，便过来查看是否有情况。我刚一推门进去，就被人按倒在地，姐姐一边被人压在身下，一边叫我赶紧逃跑。'她一边说一边指着我俩道：'是他们，是他二人杀了我姐夫，轮奸了我姐姐。他们杀了我姐姐、姐夫后，还割下了他们的头颅。我吓得腿都软了，刚挣脱跑出门就瘫倒在地。只见他二人将人头丢出墙外，就向我扑来，我所有的力气只能用来大叫了。幸亏大人们来得及时，否则我也身遭不测了。'随即她掩面大哭。那禁军首领看了看我二人刀上的血迹，又看了看那女子，便道：'人证物证俱在，此二人奸淫妇女，杀人枭首，胆大妄为，罪属不赦。押回去等候发落！'

"我二人百口莫辩，急忙道：'此事是误会，还请去大理寺通知我家大人一声，此案立见分晓。'

"'哼，由不得你二人在此胡说，带走！'那禁军首领又

回头吩咐道，'叫仵作来验尸，想办法查明尸首身份，派人去把人头找回来，那女子是重要人证，一并带回。'

"我和乔司尉就这样被关进了刑部大牢，可那女子却被带去了禁军大牢。"

沈捕头和爹一边听段三伯讲述，一边陷入当初的回忆。妹妹问道："怎么会有这样的事，这明显是有人陷害。那然后呢？"

段三伯喝了几杯酒之后，精神愈发亢奋，接着说道："这事情明显有蹊跷，我和乔司尉心照不宣，都暂时不动声色，暗中寻思。刑部大牢怎么也是自己的地方，当晚到牢里已经四更天，我赶快让看牢的手下去悄悄通知张大人，以免我们被莫名其妙地暗害。夜静之后我二人思考入微，把事情前后都琢磨了一遍，却没有找出任何头绪。而这事发之快之突然，也不知道是谁陷害我们以及目的是什么。

"五更天张大人带人到了，看牢的却说禁军指挥使有令，任何人不得探视。张大人怒道：'放肆，刑部的牢房连我都进不得吗？'

"'张大人，您可莫为难小的，放您进去了禁军可饶不了我。'

"'你莫怕，此事与你无关，天亮我自有话说，你且开门便是。'

"张大人询问我二人经过后，沉思片刻道：'那飞出墙头

的人头在哪里？你们可见到另一颗人头？'

"乔司尉回道：'没有见到另一颗人头，就连飞出墙的那颗人头好像也不翼而飞了。'

"张大人道：'若真是有人蓄意构陷，怕此事预谋已久。现在人头消失，尸首也无法确认身份，倘若有人急于将你二人定罪，事情可就棘手了。'

"我二人同时说道：'望大人救我们，我二人一心为朝廷效力，岂能受这等冤枉？'说完便俯身拜下。

"张大人急忙道：'你二人快请起，我必还你二人公道，但怕有人急于求成，将你二人害死在牢中，到时盖棺定论，便死无对证。切记，别人送来的酒饭不可食用，我会亲自派人送来，睡觉也要保持警惕，切记！'

"天亮后，禁军指挥使要在刑部提审我俩。张大人也已到大堂，便对那禁军指挥使道：'此乃我刑部分内之事，贵使怕是不便越俎代庖，既然人是贵使拿下的，如贵使有兴趣，可在堂下旁听。'

"谁知那指挥使亮出腰牌，说道：'此乃皇帝所赐，命我可缉查帝都一切要案和凶犯，可便宜从事。张大人，你可知便宜从事是何意？你昨夜未得将令入牢探访之事，我就不同你计较，今天我要主审这案件，你既主管刑部，可以做从审，想必尚书大人和张大人都没意见吧？'

"那刑部尚书是个混迹官场多年的老油条，历来只会哄着皇帝高兴，没事就给皇帝献献宝贝、献献美女。皇帝一来乐得此人的谄媚，二来也怕张大人若是兼任刑部尚书权力太大，恐他人不服，便给了这老油条一个尚书的虚职。其实部里的诸般大小事由皆由张大人主事。

"那尚书才不会为了谁得罪禁军，一听便赶快说道：'全凭贵使吩咐，我等定当极力配合。'说完还望了张大人一眼，有点幸灾乐祸的意味。

"张大人当时想找出背后指使，随即便说道：'既如此，那就请贵使开始吧。'说完向我二人点了下头，递了个眼神。

"那指挥使于是坐下升堂，喝道：'那两个人犯姓甚名谁，做何营生，奸淫人妇，杀人枭首，是否认罪？！'

"我心中略微一沉，随即答道：'我段某乃刑部司郎中，这位乔兄是释虎司司尉，这京城内外多少案子是我等合力所破，说我二人奸淫杀人，岂不荒唐，有何罪可认？'

"那指挥使道：'张大人在此想必可为你二人证明身份，但半夜三更你二人手持凶器，身处命案现场，满身鲜血，且有人亲眼看到又指证你二人，铁证如山，你等有何话说，还不从实招来？！'

"乔司尉答道：'你说是我二人所为，我且问你，若是行凶，我俩干甚用自己的官刀？且我二人武功不弱，行凶之后为何不立刻逃走，偏偏这么巧被你路过抓到？又偏偏这

么巧被一妇人看到指证，却没有将她灭口？如是我二人杀人后便被擒，那两颗人头现又在哪里？'

"'住口！信口雌黄，一派胡言！看来不动刑，你等不会实招，来人！'

"张大人一摆手忙道：'且慢！请问贵使，他二人所说之事贵使以为如何，且他二人有官职在身，事情尚未查清，岂可动刑？'

"那指挥使目露凶光，不过那神情转瞬即逝说道：'既如此，带那证人上来。'

"随后那白衣女子便上堂将事情述说一遍，咬口指认我二人是凶手。

"张大人随即道：'大胆民妇，你可知作伪证是什么罪名？污蔑朝廷命官，罪加一等！'

"'张大人，恐吓一民妇不当是你应有的所为，此事你存心包庇是何用意？他二人奸淫杀人，你已有失察之过，还要强行为他二人洗脱吗？还是说他二人所犯之事，是你一贯纵容？如此欺压百姓，骄横跋扈，也确实没有人敢告刑部和大理寺的状吧？他二人之事今天若是没有个交代，恐怕我得到圣上那里去禀明了！'那指挥使说完，手向半空中作个揖，眼却狠辣地看着我们。

"张大人和我二人一听，心中俱是一惊，但随即便明白了，我们被陷害原来只是其中一个步骤，实际目的竟是要暗算张大人。"

爹喝了杯酒，似苦笑了一下。

段三伯轻拍了一下桌子，接着道："张大人那时已明白此事的用意，但还想顺藤摸瓜找到幕后的指使，此人能拉拢禁军指挥使，必然身份高贵。朝中有敌人是很正常的，但事出反常必有妖，总要知道原因是什么，不然内斗会一直不止。但眼下须先保住我二人。

"于是张大人便和那指挥使说道：'面见圣上，我正有此意，烦请贵使和我一同前去。'

"为防止我二人被人加害，张大人还补充道：'将此二人暂押大理寺，待我面圣回来再做处置。'临行前，他吩咐下属要好生看待，不可有闪失。

"张大人进宫之后，将事情疑点禀明皇帝，皇帝也觉事有蹊跷，但那指挥使处处透露机锋，让皇帝一时难办。张大人为使皇帝不落偏私的口实，便和皇帝约定五日之内侦破此案，还我二人清白，但那指挥使不依不饶，非让张大人签下状令。无奈张大人便用自己的官职做押，向皇帝承诺了此事。

"这一招着实狠毒，若张大人五日破不了案，不但丢官，甚至有更多被构陷的危险。为我二人，张大人冒此等风险做了交易。"

他三人又干了一杯，还没等我们追问，沈捕头继续说道："张大人先带我去到了案发现场勘察一番，心中略有思索；然后回到大理寺，又带我去牢房再仔细询问他二人，想把线索的头绪厘清，然而一时并未能想到什么。当时我便说'要是喝完酒之后，一起回衙门睡一宿，也就没有这些事了'。你说'左都御史的官印找回来，咱们这么高兴干什么？况且他都没张罗咱们吃一顿'。

"话说到此，张大人突然灵光一现，对我道：'你说什么？再说一遍。'

"我说御史大人的官印找回来了，他都没请咱们吃顿饭，咱们自己高兴什么。张大人您是想到什么了？

"'沈寺正，你去把御史丢官印的案件资料全都取来，顺便让人准备饭菜，咱们几人今晚就在这里复盘，时间紧迫，速去！'张大人说完若有所思。

"我哪里敢耽搁，一边叫人准备饭菜并送来，一边将丢印案的全部案籍搬来。然后我们逐字逐页翻查，通宵达旦，不觉已是天亮。

"当时我们认为丢印案的事件其实简单得很。左都御史王大人于一天晚上，要在一份官文上用印的时候发现印盒是空的，随即令心腹全府上下仔细查找，并无所获，当下心中不解且大为焦躁。平时官印都是放在都察院里，有专人看管的，那天散衙后有紧急公文要处理，他便将官印带回家去，哪知官印凭空消失。丢官印可是要命的事，何况还是左都御史的印信，这要是让皇帝知道了，脑袋可就搬家了。当下王大人便托病不上朝，暂不处理公务。皇帝当时新得一个皇子，高兴之余也没有在意。然后王大人便私下找到了张大人，让张大人念在同僚之情一定相助，若将官印找回来，就差举家前来千恩万谢。张大人表示这是大理寺分内之事，不必言谢，且千万嘱咐此事不可外泄，免得招来杀身之祸。

"张大人便找来最为倚重的亲信去追查此事，也就是我、段三哥和乔司尉以及其他几名心腹手下。我们打听到了王大人那天散衙之后，乘马车回府，自己亲自携着印盒。本来一路无事，到北城的路途也不是很远，但会经过一座小桥。当马车过桥的时候，轮轴和车辕突然断裂，车身剧烈震荡，将王大人晃出了车厢。就在他一个俯冲临将摔倒之际，却撞在了一个渔夫的怀里，这才被稳住。当时王大人手中抱着印盒，忙施礼道谢，然后吩咐手下将渔夫的鱼全部买走，且付了数倍的鱼钱，然后由随侍伴着步行回家。用过饭后，王大人便发现官印不见了。

"我们认为岔子就出在那个渔夫身上。从马车上俯冲跌落下来是何等的力道，一个渔夫竟能将王大人稳稳接住，且能在瞬间不动声色将官印取走，此人必武功了得。马车的轮轴和车辕同时断裂，也必是有人动过手脚，恰好让马车在过桥的时候出事。而渔夫出现在桥边也合情合理。据王大人说，他虽与那渔夫只匆匆一瞥，但觉得此人眼熟，又一时想不起来，索性觉得渔樵之人日晒风吹，长相大都相似，便没有将此事放在心上。

"我们几人暗地寻访，分别扮作渔夫、杂役，在酒馆、客栈、澡堂这些地方打探消息。起初并没有线索，直到后来有一次听到一个喝醉的脚夫说，他正好瞧见了王大人坠下马车的过程，说那个打渔的真走运，一下就赚了不少钱，可以回家歇脚了，还能买上几壶好酒。晚上路过城外破庙的时候，他又看见了那个渔夫，和另外的同伴不知道在说什么，他们还拿出了一个小物件在那比比画画，在庙里环顾左右。由于他那天也喝醉了酒，便赶忙回家睡了。

"我们将此消息报给张大人后，随即一起去了那个破庙，但是什么都没发现，倒是白耳郎围着庙来回打转。经过思虑，张大人觉得此事是有人想构陷御史大人，官印肯定藏在外面，而不是自己拿回去等人发现，很有可能就在那个庙中。如果王大人走漏风声四处寻找，便正中那人的下怀，但王大人托病不出又能瞒得了多久？事出紧急，也不方便大张旗鼓，看来只有兵行险着，让盗印之人自己露出马脚。

"转天张大人就派人四处说王大人身体好转，不日就能上朝议事，且说城外破庙中闹鬼，百姓近期不得靠近。那盗印之人见此情景，必以为王大人已得知线索，会在庙中找回，肯定会派人再去将官印取走。果不其然，当晚我们埋伏四周，有两个黑衣蒙面人前来，在神像后的底座下将官印取出，还未等走时，被我们一举包围。我们肯定要留活口，问背后主使之人，但他二人武功高强，负隅顽抗。在白耳郎的震慑下，取印之人身中刀伤，自知难以逃脱，便服毒自尽。可另一人轻功不凡逃走了，好在官印已被夺回。

"王大人自然是感激万分，但张大人那时却说此事不宜声张，还望王大人日后自行小心。"

夜已深，但我和妹妹毫无困意，索性也来个通宵达旦，听故事。

妹妹问道："你们赶快再喝一杯，后面的事呢？"

沈捕头哈哈大笑，说道："莫急莫急，这就道来。"仰头他又喝了一杯酒。

"张大人隐隐觉得丢印案和杀人案必有联系，我们研究了几日，还是未能厘清之间的关联。与皇帝约定的期限就要到了，我们几人都给急坏了。段三哥他二人更是说，世上可以没有他二人，但是不能没有张大人，让张大人禀明皇帝不查了，他二人认罪便是，一定要保住张大人的官职。

"但张大人却说：'于公，破这案子是分内之事；于私，怎能眼见兄弟含冤受屈？不破案，对公对私都无法立足，况且要怎么向世人交代，又怎么向圣上交代？朝中若有奸人如此作恶，这国家以后将如何，百姓又将如何？若是如

此，我这官不做也罢。'

"经过仵作的检验，那两具无头尸首确系那天晚上被杀的两个人的，女人的下体上也有男人的精斑，只是两颗人头还是没有被找回，无法辨认身份。幕后之人应该是考虑到不能节外生枝，所以也没有人过来认领尸体。那白衣女子作为证人也被禁军带走保护起来，我们不能审问。我们和释虎司的兄弟频频出动，四处查访，始终没有线索，看来对方确是有备而来。

"到期前一日，张大人神色黯然地和我们说：'案子在期限内是破不了了，但是我会一直追查。君无戏言，我会和圣上有个交代，可是你们接下来要如何，我却放心不下。怕我走之后，有人会拿你们开刀。望你们各自保重。'

"接着他又对白耳郎说：'白耳郎呀白耳郎，我走之后，你不可再跟着我，你现在是朝廷的御爪，要继续为朝廷效力，以后就让沈寺正顾全你了。'

"然后张大人对我说：'以后你们行动，有白耳郎在会事半功倍，你要好生待它，拜托了。'

"只见白耳郎那天总是叼着一封文书，是给某个官员定罪的奏折，我就对它说：'你又不能上朝面圣，叼着它干啥？难道你还学御史大人奏请参人吗？天天参人能不被人算计吗？还是明天一起送张大人一程吧。'说完，我也是老泪纵横。

"就在那时，张大人再次对我说：'你刚才说什么？再说一次。'

…………

"然后我们就去都察院找到了王大人。

"张大人开门见山：'王大人，之前事有机密，我不便多问，你说丢印案当天你要盖印的文书是什么？'

"'此事确是机密，但告诉张大人你却无妨。那文书是我弹劾驸马的奏章，里面搜集了驸马贪赃枉法、奸淫民女、草菅人命，甚至勾结禁军、意图不轨的罪证。我做此事本欲肃清朝廷，不欲苟活，但后来官印丢失，文书无以立据。我疑此事与驸马有关，但又不能和任何人提起，不能将无辜之人牵涉进来，更不能让奸人得了消息，是以也没有和张大人你说起此事。官印虽然被找回，但后来看到你眼下之事，便知驸马的势力已非我一人可以撼动，若是打草惊蛇，恐对圣上也不利。若你还在朝，咱们便可从长计议；若你不在朝中，此事不知何时才能了结。'

"张大人向王大人一躬到底：'没想到王大人身系社稷，舍生忘死，在下实感惭愧。如此说来，构陷我属下二人的也必是驸马。此事应该是驸马已知你掌握了他的罪证，当即就要弹劾他，所以当下就要除掉你，但是你左都御史的身份他又不可对你轻易行刺杀之事，免得朝野震动，惹圣上彻查或将他牵出。于是他便派人盗走你的官印，让你无法上朝，也无法上奏，再找机会告发你。官印丢失乃是死罪，驸马是想借圣上之手将你斩杀，顺便扶植自己的势力占据左都御史之位，这样朝中再无人敢揭发他的罪证。而不巧的是，你的官印被我找回，盗取官印的那个逃跑之人定然向驸马禀明系我所为，于是驸马便觉你已经将事情告知于我，于是设计陷害我的属下，以图将我铲除。圣上已将禁军交给他调动，他动用禁军，提前布局找好证人，又让指挥使在圣上面前做局刁难。他知我必然会为保他二人与圣上赌誓破案，又将所有线索清理得毫无痕迹，这样我必会失败离朝；而群臣见此，也再不会有人敢参与弹劾，他在朝中的势力就更加稳固了。'

"'张大人所言极是，可为今之计当如何？明日就是你进宫复旨的期限了。'

"'王大人放心，明日我当离朝，咱们别作良图。'

"就这样，张大人转天进宫，与皇帝说明破案尚需时日，但期限已到，自己会兑现承诺，辞官离朝，待查明真相，再向皇帝禀明。皇帝十分不忍他离去，但将令已签，不能失信于天下，于是便给了张大人一道令符，叫他可便宜行事，可随时出入皇宫，且地方上见令符要全力配合。"

第二章　暗破疑云

听到这里，妹妹接茬问道："然后爹就来这儿开酒馆了？那个案子呢？"

沈捕头说道："当然没有这么轻松，这其中还有故事呢，张大人肯定是要追查到底的。"

他抬头望了一眼段三伯，饮了一杯酒，接着道："你爹出宫之前向皇帝求保，请求暂时不要处置段三哥和乔司尉，这其中隐情已有端倪，他二人系被构陷。倘若破不了此案，不能还他二人清白，自己愿与他二人共同领罪。皇帝应允，其他人便暂时奈何不得。

"张大人出宫后，皇帝并没有将大理寺少卿和刑部左侍郎的官职给别人，一直空悬。驸马和太子多次提议，要提拔他们的羽翼填补，皇帝就是没有应允。

"张大人出宫之后，叫我等按兵不动，暂且不要联络，以免落人口实，防止我等被人下手。而后他便一人带夫人和幼子离京，安顿好妻儿之后，又独自一人乔装返回。那时夫人虽担心张大人的安危，但怕张大人心有顾忌，便什么都没有说，只嘱咐一切小心。

"张大人回京后，先往城外的破庙仔细查看了一番。由

————————————————料事如神

于之前的抓捕行动，庙里的痕迹已经无法清晰辨认，但还是被张大人发现了线索。张大人到神像的背后，看到被搬动的坐台上有几道指印，明显是练过鹰爪功的，这样的人给驸马效力也不稀奇。后来他又想到当时另一人凭借轻功越墙而走，又到墙那边查看，虽然已过数日，但墙上还是留下了一个浅浅的脚印。看鞋印的花纹，应该是特制的官靴，而鞋尖的位置有一块三角形状的轮廓，想必是此人在靴头安装了金属一类的利器，以作为伤人的武器。而后在庙中的地上，张大人也发现同样大小和形状的鞋印，那么只要在驸马那里找出穿这双靴子的人，盗印一事就与驸马脱不开干系了。

"想到这里，张大人又到两具尸首的案发现场，就为了证实一个猜测。果不其然，在那屋侧的长廊和院墙的墙脚下，张大人也发现了同样的鞋印。那墙上还有血迹，应该是当时被抛出的人头甩落在上面的。这样一看，构陷他二人和盗印的行径应是同一人所为。接下来就是要找到这个人，但在那之前，还是要先找到两颗人头。

"张大人在凶案现场外的街上等了几个晚上，观察到有一个打更人每晚的三更左右都要从这边路过，另有一个书生打扮的人也会在这个时间醉晃晃地路过，时不时向宅门里张望几眼，于是便找个机会分别向两人问话。

"张大人发现那打更人每晚出街前，都会在一个面馆喝上几杯烧酒，吃上一碗面，想来是为了壮胆走夜路。那天的傍晚，张大人便提前到了那个面馆，先点了几壶酒和几盘小菜，坐在那里等他。不一会儿，那打更人进来，坐在旁边的那一桌，就对小二说道：'老样子，一壶烧酒，一大碗面。'

"张大人便大声地自言自语道：'借酒浇愁愁更愁啊，奈何愁酒需得独自饮。'说着便仰头干了一杯。

"那打更人被张大人说的话吸引了，刚要回过头坐下，张大人便喊住他：'这位老兄，我心中烦闷，正愁没有共饮之人，可否请你过来一起坐？小二，把这位老兄的账算在我这儿。'

"那打更人一听还有这种事情，当下心中也在狐疑，便说道：'我这等粗鄙之人，还是不便和相公同坐了，免得见笑。'但身子却往张大人这边挪了一下。

"'哎——老兄说哪里话，看老兄也是公务之人，平日辛苦为百姓造福，我平生最是敬重。今日可得与老兄共饮一吐心中烦闷，实乃幸甚。'张大人说着站起来，扶住他坐下。

"那打更人一见有人请吃饭，又夸赞了几句，瞬时也就放松下来道：'我一会儿还要当班，不可多饮，还望相公见谅，不知相公心中所烦何事？'

"张大人见此人已上钩，便作态道：'唉，家门不幸，家

门不幸啊。来，先干一杯。'

"见那打更人干了一杯，张大人道：'说与老兄你无妨。我家有个妹子，自幼便由我带大，向来乖巧听话。不知从哪儿跑来个臭小子，三言两语便迷得我那妹子芳心暗许。我自是不能同意，那小子便勾了我妹子私奔。我一路追寻到此，至今未有音讯，也不知我那妹子境遇如何。若是碰到歹人将她卖至青楼或是将她杀害，我怎向爹娘的在天之灵交代？唉，来，喝酒。'

"那打更人喝完第二杯后，随口自言自语道：'难道是她？不，应该不可能。'

"'老兄方才说什么？'

"'没事，没事，应该不是你家妹子，还是心放宽些得好。'

"'老兄若有我家妹子的消息，还请告知，我先在这里谢大恩了。'张大人说完给那打更人作了一揖，然后又敬了那人一杯酒。

"'好吧，这不前阵子中街发生了一起命案，据说死的是一男一女，头还被人割去了，至今没人认领尸体。相公不妨去衙门问问，万一是你家妹子，也可把尸体领回。不过应该不是，应该不是。'

"张大人一脸作态道：'啊？你说我家妹子给人杀害啦，我那苦命的妹子呀！'说完自己站起来连干了三杯酒，跟着佯装掩面哭泣。

"紧接着张大人大声道：'老兄，那杀人的凶手可找到了吗？我要为妹子报仇。这到底是怎么回事？何人如此狠心？'

"那打更人喝了几杯酒，见张大人如此哀伤，便恻隐地说道：'相公，你可千万莫对人提此事是我说的。那天夜里我打更走到中街，看到两个喝醉的官差在我前面走，还说什么官印。他们正走到那宅子大门口，只见从院里飞出来一个圆球状的东西，我见那两个官差过去捡起来查看，然后就拔刀进了宅子大门。我快步过去一看那地上，不是颗人头还是什么？当时我被吓得三魂丢了两魂，起身就跑。就在转弯时我回头看了一眼，见一个人翻墙而出，捡起地上的人头就跑了。我觉得事有蹊跷，便壮着胆子躲在角落里偷看。谁知没一会儿就听到院里有人喊救命喊杀人，我还道是那两个官差进去杀人了。紧接着禁军便来了，为首的那个指挥使骑在马上好不威风。再然后我就看到那二位官差和一个女子被锁住押了出来。我怕无辜受到牵连，便赶紧溜回家中，没有跟任何人提及此事。唉，但愿那不是你家的妹子。'

"张大人一想：是了，这是很关键的证人证言，那两个官差就是段、乔两位兄弟，虽然真凶逃脱了，但至少证明他二人无罪。只是眼下面对的是驸马和禁军，只一打更人的话在公堂上不足为信，暂且将他稳住，关键时刻再用他。

"于是张大人便和打更人说：'多谢老兄提点，我自会到衙门认尸，希望不是我家妹子。老兄放心，你所说之词止于我二人知晓，不会累及老兄的。'

"张大人说着掏出两锭银子，一锭给了打更人：'老兄的大恩在下无以为报，万望老兄莫要推辞。'另一锭给了那面馆小二：'这锭银子够这位老兄在这里吃上一月否？'

"那小二一见是整锭的银子，忙说道：'莫说是一月，半年都有了。'

"张大人道：'老兄，干了此杯暂且别过，待我事情办妥，还当酬谢。'

"那打更人道：'好说好说，愿相公得到的是好消息。'

"张大人不想引人怀疑，便没有问及打更人的住处，也是为了他的安全，到时想找他便来面馆岂不容易？

"接着张大人又在夜里跟上了那个书生，这回是带上了一副夜叉的面具。等走到一个僻静的角落时，张大人突然蹿出拦住那书生，大喝道：'那书生且住，你阳寿已尽，我奉阎王旨意特来拿你！'

"那书生本就喝醉了酒，一见夜叉的模样，登时就魂不附体，跪在地上：'上差饶命，上差饶命，我还有老母要照料，让我多活几年以尽孝道罢。'说完大哭起来，裤子也湿了一片。

"'我且问你，你可做过什么亏心事？若你交代得清楚，念在你一片孝心，还可饶你几日阳寿；若有半句虚言，便立刻跟我去阴曹地府。'张大人吓道。

"'是，是，小人定实话实说。小人没有做过什么亏心事，只是前阵子勾引了一个良家少妇。那日小人与那少妇在街上相遇，那少妇的头钗掉落被小人捡到，随后我追上便还给了她。只见那少妇面若桃花，身带幽香，小人一下心驰神往，便与那少妇攀谈了几句。那少妇说她丈夫经常不在家，一个人也寂寞，要是有人陪着说个知心话，也算做个伴。一来二去，小人便和这少妇勾搭成奸。但小人却是真心喜欢这少妇，小人曾说带她私奔，可那少妇却说，做伴就是图个乐，排解寂寞而已。她丈夫本是公差，更何况还有贵人钟情于她，叫小人断了痴心妄想的念头。小人虽然心伤，但为了能和她经常幽会，也就没再说别的。哪知，哪知……'

"'然后你拐带她不成，就将她和她丈夫杀了，是也不是？！你好大的胆子！'

"'不不不，不是，不是小人干的。'

"'那你为何夜夜都去那宅门察看？想必你是做贼心虚，人不是你杀的却还有谁？！'

"'不，人真不是小人杀的。那日小人像往常一样，一更时候去找她。我俩正在亲热时，她丈夫突然回来，小人慌乱之中，赶忙翻窗躲到屋后的院墙边上。她丈夫一回来见她衣衫不整，就喝她是个淫妇，听人说她勾引汉子回家，没想到是真的，举手便向她打去。她向丈夫辩解道，你说我勾汉子，你且说是谁？她丈夫道，别以为我不知道，难道他权势滔天，就可以霸我妻子？我还怕他不成？今日我便先宰了你，再去找他算账，大不了鱼死网破。说着，她丈夫举刀就要砍杀。

"'小人当时真想救下她，带她远走高飞，奈何我手无缚鸡之力，怎敌得过他拿刀？当时也就心痛含泪地翻出墙去了。

"'小人脚刚落地，便听到屋里面又进去了个人，小人便耳朵贴墙去听，但他们说些什么却听不清了，似乎是什么大人可是来救我的……省了我的事了之类的话，小人以为是她口中的权贵派人来救她，也就放心了一些，于是赶紧就走了，想着改日再来看她。

"'就在小人走不多远的地方，小人感觉后面有人蹬墙而出，回头一看是个黑影，手里像拿个包袱还有把刀，蹿上一棵树后就不见了。小人心下大惊，怕身受灾祸，赶忙跑了回家，一夜都没有睡着。

"'哪承想转天小人再去那街上的时候，便听说她夫妻二人都给人杀害了，连头都没有了。小人没敢和旁人说起过此事，却是每每想起她便伤心难耐，只敢在夜里喝醉了酒，去那里看看，虽然她已死了。小人恨自己胆子小又没本

事，救不了心爱的女子。小人所说无半句虚言，还请上差饶命啊。'

"张大人听罢，心中解开一丝疑惑，便道：'你勾引人妻，行径无耻，但念在你顾及旧情，且要奉养老母，此次便饶了你。你回去后用功读书，不可再有非分之想，否则他日我必还来拿你。你去吧！'说完一个闪身，消失在他面前。那书生真以为是鬼差神通，便赶紧起来踉跄着跑回家了。

"事已至此，这两人都是关键证人，张大人想到还有两个人必须要找到，否则这其中的蹊跷还有些不明。那女子口中的权贵是谁？杀她的又是谁？那男尸是否是她的丈夫？杀了她丈夫的又是谁？如果翻墙逃走的人带走了一颗人头，那扔出去被段、乔二人看到的人头又是被谁取走的？

"于是张大人便乔装打扮成赶车的把式，在驸马府外面等待机会。说来也巧，有一日，那个给驸马赶车的车夫在外面喝多了酒，与人起了争执，正被一群人围打，张大人便过去替那人解了围，身上不免也挨了几下拳脚，把身上一些散钱作为赔付才了结。

"'多谢兄弟仗义相助，其实不消你出手，我只要告诉他们，我是驸马府的人，看他们还敢如何！'那车夫说道。

"'原来兄弟是驸马府的管家，失敬失敬。我生平最见不得人众欺辱人寡，所以方才路过此地……却不知兄弟为

何与那众人有了纠葛？'

"'哈哈，原来兄弟也是性情中人。我可不是驸马府的管家，我只是给驸马赶车的下人而已。驸马爷平时待我们不错，不少吃不少喝，跟着驸马我们脸上也有光不是？方才喝酒时，听那众人说起，驸马爷有什么了不起，还不是靠着女人上位才能作威作福。据说那公主先前被皇帝许给了一个大官，但那大官偏不要公主，这才轮得到现在这个驸马，还说什么专捡人家不要的之类的话。我一听顿时心中恼火，便上去和他们理论一番，这才让兄弟见了刚才的笑话。'

"'原来兄弟你也是忠心为主，佩服佩服。但兄弟你得亏没有说你是驸马府的人，不然此事传出去，不但驸马颜面无光，还会被人说驸马府的人在外狗仗人势，惹是生非，哈哈，我可没有诋毁兄弟的意思……'

"'兄弟说得不错，是我没有想到，还多谢兄弟提醒，不知兄弟现下做何营生？'

"'在下就没有兄弟你有福气了，这不前些日子在家乡的时候也是替人出头，结果惹了点官司出逃在外，也没有别的手艺，只会点赶车的把式，现下还不知投奔哪里……'

"'既是如此，你既对我有恩，我便向驸马推荐，给你个赶车的差事，先混口饭吃。来来来，咱们先去喝几杯。'

"'既如此，恭敬不如从命，兄弟先谢过了。'张大人随后便跟着进了驸马府。"

这时妹妹问："那驸马府就这么轻易进去了？爹没有被发现？"

沈捕头答道："张大人有的是办法，这算什么？后来张大人和那车夫轮班给驸马赶车，张大人便借机在驸马府中查找那个鞋尖带铁器的凶手。

"有一日，大雨过后，张大人正在府里给马匹喂料，突然见旁边快干的石板地上有带泥的脚印，张大人仔细一看，不是那带铁器的鞋印还是什么？见着鞋印是从花园中过来，于是一路跟踪到了一处住所，是驸马府兵的班房。但此人为驸马行诡谲之事，必不与旁人同住。

"张大人思量之后，于当天夜里再次去那班房查探。那凶手正在房里洗澡，以张大人的身手不会被他察觉。在确认了他的鞋底和看清了他的面目之后，张大人便回到了自己的班房。那时并不能贸然动手，抓捕后还要铁证如山才行。

"两日后的傍晚，驸马正在书房喝茶，突然一柄插着字条的飞刀钉在了驸马的书案上。驸马大惊之下，刚要喊有刺客，发现了字条，便先取下来瞧，随后又叫人传那凶手进来，给他看了字条上的字：'杀人之事已露，人头已被寻到。'

"那凶手脸色大变，告诉驸马绝无可能被人知晓。驸马吩咐他赶快去确认，以免节外生枝。那凶手赶忙换上黑衣便出了门，张大人便尾随其后。待他们出了驸马府之后，我便带人和张大人会合，一起跟踪。哈哈，没错，张大人在行动前一日，已和我取得联系，叫我带上人手。

"我们跟踪那凶手到了城外的一片坟地，只见他从一个没有名字的坟头下刨出了一颗女人头，面目已有些腐烂。那凶手瞬间感觉中计了，正待要跑时，已被我们围住，这时哪还容他逃走？但那人武功不弱，我等一时占不到上风，关键时刻还是张大人出手，用了自创的绝学——截节劲，趁对方一个疏忽，一招将其拿下。"

见我和妹妹很疑惑，沈捕头说道："这截节劲乃是张大人所创，只要搭上对手肢体，运劲有如一甩之力，对手相应的骨骼筋脉就会节节寸断，手脚便是废了，意在万不得已不取人性命。难道张大人没有把这武功传给你们？"

我和妹妹看了爹一眼，都纷纷摇头，心想爹也太厉害了吧，连我们都瞒着。

"张大人呀，您那绝学连自家孩子都不传吗？"

这时爹终于开口了："我不传，是怕他们不能善用，一个不慎招来祸患，岂不坏了我的大事！"爹突然欲言又止，叹了口气道："看来也是时候了，明日起便传给你们吧。沈兄，还请你继续道来。"

沈捕头哈哈一笑，继续道："我们将那凶手拿下后，便将他押回了大理寺。由于张大人有皇帝钦赐的令牌，事情便好办多了。我们连夜审讯，那凶手只字不言，让我等很是恼怒。张大人对他说道：'人赃并获，你还有什么可抵赖？你杀那一男一女，与他们有何冤仇，难道就是为了构陷我属下二人？这其中必有人指使，是不是驸马命你做的？'那凶手低头不语。

"'我还知王大人的官印是你盗去的，也是驸马指使的吧？'那凶手脸色变了一下，仍低头不语。

"'如今人头在你手里，便是铁证。来人啊，脱下他的靴子，现在这靴子也是铁证，我只要把现场的痕迹与之比对，再命仵作将人头与尸身拼上，就说明那人必是你杀的，你难逃死罪。加上你盗取左都御史官印，你将被凌迟处死，而且驸马……'

"那凶手身体猛地抖了一下，忙道：'此事与驸马无关。即便人是我杀的，你为何断定官印是我盗的？你还能问死人口供不成？'话一出口他便知失言。

"'哈哈，不错，你怎知另一个盗官印的人死了？因为那天你在场。你逃了，但你的同伴却死了。不过即便你没有说漏嘴，我也有证据，那庙里仍然有你这靴子的印记。何况你怎么也想不到，一个醉酒的脚夫目睹了你盗印藏匿的全过程，我只要命他上公堂指认你即可。这可谓天网恢恢，疏而不漏。'张大人说完，那凶手便不再镇定。

"'况且驸马已难脱干系，即使你不说出是驸马指使的你，我也有办法让他自己承认。并且我已知道驸马另有图谋，若将此事禀明皇帝，想必……来人，给驸马送个信去，就说我请到了他府上的人做客，并且打算明日将其带去宫里宴饮。'

"'不，不是驸马，是太子，不，不是太子。我什么都不知道，你要杀便杀。'听闻里面还有太子的事情，张大人心下一惊，便连忙叫住要派出的人。

"'先把他押下去，和段、乔二人放在一个牢房里，吩咐他二人务必看住此人性命，能救他二人的便是此人了。'张大人吩咐完，又低声和我说道，'赶快和我回一趟驸马府，有要事要办。'

"张大人带着我在天亮前赶回了驸马府，趁着没人注意，驾上驸马的马车就往外走。看门的守卫一听是驸马吩咐出去办事也没敢多问，我们直接去到了禁军的大牢。

"禁军的看守一见是驸马的车驾，便赶忙上来请安询问。张大人便说是驸马派他来处理那个女证人的：'此乃机密要事，不得耽搁，也不得通知指挥使，知晓的人越少越好，速去带路。'

"那看守有些起疑，问道：'此女证人也涉机密要事，阁下既是驸马派来的，可有凭证？为何不可报与指挥使

大人？'

"张大人道：'放肆！驸马既派我等此刻前来，定是要暗中行事，难道还拿着圣旨不成？此事若是泄漏，指挥使大人脱得了干系吗？指挥使与我家驸马的关系不必我多说了吧，你道他二人事先没有权衡商榷？你等若还有迟疑，难道要我请驸马爷与你家指挥使亲自前来与你说？他二人的事你也敢管吗？还不头前带路！'

"被张大人一顿训斥后，那守卫顿时低头不语，只能带他二人前去女监的牢房。要说那女子是驸马故意找好的证人，为什么要关在牢里？试问哪里能比禁军大牢更安全呢？

"我和张大人到了那牢房门前，便让那守卫退下。那守卫离开之前，张大人已察觉他与旁人递了眼色，定是要去报与指挥使确认此事。知道此地不宜久留，我们赶忙同那女子叙话。那女子在牢中多日，神色憔悴，神情恍惚，看来并没有得到什么优待，更像是被人胁迫至此，张大人心中便已有数。

"'姑娘别怕，千万不要叫喊，我们是来救你的。'

"'你们是驸马的人？怎么可能会救我？这一切不都是驸马安排的吗？'

"'姑娘不要误会，我们知你定是被人胁迫，让你无冤无仇地去构陷那两位官差，是也不是？'

"'事情是你们做下的，你们既已知道，又何必再问？我，我无话可说，你们走吧！'

"'姑娘莫非是有什么把柄被人拿住，还是有不得已的苦衷？你说出来，我二人可替你做主。'

"'你们不是驸马的人？不会的，驸马已害得我如此，还要让我怎样？我死不足惜，只可怜我爹娘与我那姐姐生死未卜，呜呜呜……'

"'姑娘，事情紧急，切莫耽搁，我等不是驸马的人，也要确定你不是驸马的人。咱们说了要紧的话，我们想办法带你出去。'

"'不，我不能出去，我若出去了，我爹娘和姐姐就无活路了。'

"'你爹娘和你姐姐可是被驸马抓去了，然后迫你为他做事？还请你原本道来。'

"'驸马那个禽兽，先是见色起意，将我凌辱，然后见我要去报官伸冤，便抓了我家里人以作要挟。见我姐姐貌美，他又将她也……我和姐姐顾及年迈的爹娘，只好暂时忍住屈辱。没想到有一日，驸马让我去做一件事，说做成了便纳我和姐姐做外室，爹娘也由他将养；如做不成便要杀了爹娘，再将我和姐姐赏赐给军士享乐。我，我实在是没有办法，哭天不应，叫地不灵。到后来，我无意间听说被我陷害的是张大人的属下，张大人还因此丢官被逐出京城，我心

如刀割。普天之下，只有张大人能救我一家，但现在什么都没有指望了。呜呜呜……'

"'姑娘切莫啼哭，张大人此次就是为了这件案子冒险前来的，能救你和你家人的必是张大人了，你一定要说得详细一些。'

"'张大人？难道就是传说中那位……可你不是我之前在堂上见过的……原来竟是你！我……我……我对不起你。'那女子缓缓抬起头泣不成声道，'之前对大人多有冒犯，我属实是被逼无奈。我不指望大人能原谅，但求你救我爹娘和姐姐性命，我给你磕头了……'

"'姑娘快快请起。事不宜迟，你快说事情前后，我好去了断。'

"由于刚刚哭泣感觉口渴，也为了平复情绪，那女子起身后，便喝了一口桌上的水。

"'那一日，驸马对我说完要做的事情后，便派了一个黑衣人带我去到了那个宅子。我知他是驸马身边的近人，不敢与他说话，只是记住了他的样子。他告诉我待会儿进到宅门后，就在墙脚待着，不要出声，后面的动作须时刻等他消息。我见他直接奔那主屋走去，开门便进。随后我就听到他说什么这可省了我的事了。

"'然后，我隐约看到一个身影从后院翻墙而出，好像手里还拿着什么东西，我没敢出声。随后好像还有一个女子

　　　　　　　　　　　　————————料事如神

在屋里跟他讲话。女子问他是来杀她的还是来救她的？女子看他不说话，就说难道太子要……他对那女子说，你可怨不得我，要怨就怨你性淫，和惹不起的人有牵扯，你今天的下场要和你丈夫一样了。

"'还没待那女子喊出声，只听到刀砍入肉的声音，我便知那女子已经死了。接着那黑衣人拿着一颗人头出来，我当时吓得腿都软了，动弹不得。

"'他告诉我说待会儿会进来两个人，待我听得大门外有人马声时，便大喊救命，指认他二人为凶手。说完他问我记没记住。

"'他见我迟疑，又问我是否还顾及我爹娘和姐姐的性命。

"'我一听，连忙点头。他已提前将陷害的言辞告知于我，时间一到，他丢出人头后，引他二人进来，又在暗中将血包丢在他们身上，随后便翻墙走了。然后就是陷害那两位大人的过程了。'

"听到此处，张大人和我心中已解开大部分疑惑，但仍有一个疑点就是：那先翻墙而走的黑影究竟是谁？怎么这女子也说听到了太子的字眼，莫非此事太子也有牵连？

"张大人随后便问道：'你刚说屋里的女子提到了太子？可是太子二字吗？'

"'应该是太子，但我不能确定，我当时太害怕了。

哇——'那女子喷出了一口鲜血,随后便捂着肚子倒下了。

"张大人见状,随即看了下桌上的杯子:'有人给你下毒?你怎么样?我们这就救你出去。'

"那女子连忙摆手,脸色和嘴唇都已经铁青,额头上渗着汗,指甲已经发黑。

"'张大人,不必救我了,我是活不了的了,我早就知道有这一天,只求,只求张大人能救我爹娘和姐姐性命,我,我会在天上祈助张大人的,拜……拜托了。'说完便气绝了。

"'简直是无耻至极,好端端的性命呀。你放心地去吧,我答应你。'张大人眼中已有泪光。

"'事不宜迟,我们要将她带走!'张大人接着说。

"'她已死了,我们都不易脱身,为何还带走她?'

"'先别问,我自有处置!来人啊,把牢门打开!'

"那看守见状,知女子已死,事先张大人已说明是来处理该女证,他便以为是张大人所为,于是不敢不从。

"'我们要将她带走复命,此事不可声张,你等可明白?'

"'是,是,恭送上差。'

"路上我询问张大人:'这女子为何突然死了,我们要带她去哪里?'

"'没想到驸马的应变竟如此之快，应是他见飞刀和字条的警示本已起了疑心，加之晚上派出找人头的凶手没有回来复命，便知事情已很紧急，便连夜派人去给这女子下毒灭口。想来是连禁军指挥使都没来得及告知，不然我俩还能进得去大牢见到她吗？没想到我竟间接害了她，唉。如此一来，此间事情已露，我们要尽快行动，不然天明之后就会有变数。现在带她回大理寺。'

　　"张大人命人将那女子尸首放到堂上，传那凶手上来，要再审一番。

　　"'我问你，堂前这女子你可认得？休要隐瞒，我既能找到她，便已查明事情真相，她已将你供出。你如实招来，你是如何杀害那一男一女，构陷两位官差的，这其间有什么瓜葛？'

　　"那凶手见到女子的尸首，脸上显出惊讶之色，又听得这女子已将他供出，知道事情已完全败露。但如果承认行凶，无疑会将驸马牵连进来，他是没有这个胆子的，便仍是低头不语。

　　"张大人拿出一张纸，道：'这女子死前已录好口供，画了押。她虽然已死，但仍可将你绳之以法。你死罪难逃，若肯说出案件实情和幕后主使，我便可替你求情，留你个全尸，让你下辈子好投胎做人。'

　　"那凶手已腿如筛糠，浑身颤抖，不能言语。

"'好，你不肯说出是驸马指使，我敬你是一条忠心为主的汉子，可你知这女子是怎么死的吗？是被你家驸马毒杀的！她犯了什么错，被驸马凌辱胁迫，命丧黄泉。驸马与她尚有床第之情，都可忍心下手，而你只是为驸马行事的鹰犬，他为求自保，岂会放你活命？纵然我不抓你，他知事情已露，还不立刻要你的命！你若还有家人，他又岂能放过？'

　　"那凶手已汗如雨下，随即不断磕头。

　　"'我还查明，此事与太子也有关联。现在我给你两个选择：一是将事情如实交代，若能戴罪立功，我向皇帝求情，不但留你全尸，或可留你终身在牢里活命；二是你若冥顽不灵，待我向圣上禀明案情，只怕太子和驸马都不会让你脖子只挨一刀这么容易，你想清楚！'

　　"'大人，大人真可救我？！'

　　"'我既已说出，决不食言！'

　　"'好，大人，我性命就交予你了。没错，这女子所中之毒，确系驸马府的特有毒药，放在饮食中无色无味，服下后不过一刻便会暴毙身亡。驸马，驸马他确与禁军有勾结，是他向皇帝索旨，要护卫帝都安全，皇帝虽然应允，但并没有放心交予他实权，只说让禁军全力配合。可是这样一来，驸马就趁机拉拢了禁军的指挥使，想来驸马控制京畿军权是另有图谋，但具体小人不得而知。太子，太子一直与驸马假意交好，同时也对京畿军权有所图谋，小人冒死妄猜，太子，太子可能要逼宫夺权。驸马曾说过皇帝本不喜爱太子，奈何只有这一个儿子，后来皇帝新添了皇子，大有可能会改立储君。太子心急如焚，便想早定大事。可是，可是禁军却被驸马夺了去，太子便疑心驸马也有夺权之意，遂开始与驸马明争暗斗。左都御史王大人所搜集的驸马罪证，多半都是太子派人提供的。只是不料此事被驸马知晓，便派我盗取了御史的官印，先让王大人不能上朝，再找机会嫁祸给太子。没想到张大人你把案子给破了，驸马意识到太子不足为惧，张大人你才是能否成事的关键。驸马素知张大人忠于朝廷，心系天下百姓，便不敢随便拉拢你，只能想方设法除掉你。但以你张大人的厉害，谁能轻易拉你下马？只能从你的属下动手，你必会全力施救，这样就会落入我们的圈套。只有除掉你，驸马才能无后顾之忧。

"'驸马的眼线早已探得，太子与一民间女子有染，而那女子的丈夫，便是太子身边的侍卫。他命人将那女子与太子偷情的事情散了出去，让那侍卫知道。如果那侍卫一时冲动，便有可能去杀了太子报仇。但等了几日不见动静，又恰逢得知你属下二人因破了盗印案在酒楼喝酒庆祝，驸马便想了个一石二鸟之计，让我去把那侍卫和他妻子都杀了，然后做局嫁祸给你属下二人，你必会全力调查，调查没有结果，你便是如今的下场。如果你发现了被杀者是太子的侍卫，必会把太子勾引人妻的事情查出来，而查案的方向也只能是太子怕事情败露，派人行凶灭口，这样就把太子牵了进来。皇帝即便知道太子的行径，迫于太子的羽翼已丰，不敢有太大的动作，只能对他进行打压。而调查的结果肯定不能公开，你还是如今的下场，这样驸马便再无阻碍。'

"'果然是好毒的计策，那二人可都是你杀的？另一颗人头在哪里？'

"'这个确是冤枉了。我只杀了那女子，我进到屋里的时候，那侍卫已经死了，而且人头也不见了。'

"'这么说你没有见到杀那侍卫的凶手？那这可奇了。驸马不会派了除你之外的其他人去行凶吧？'

"'应该不会的，这等事牵扯甚大，驸马对小人是很信任的，何况我还要带着这女子去，不会再让别人去节外生枝。小人也好生奇怪，我还道是那女子杀了她的丈夫，为了和太子长长久久，但我杀她的时候发现她并没有杀人的本事，当时也没有多想。啊，难道，难道是……'

"'你想到了什么？难道什么？你想说难道是太子干的？'

"'是的，小人想，应该是太子察觉到了那侍卫已知晓他妻子和自己的奸情。那侍卫正要伺机报复太子，太子索性就先下手为强，派人除掉了他，并带走了人头，这样好无从查证。但不知为何会留下那女子的活口，难道是旧情难

　　　　　　　　　　　　　　料事如神

消？可这也太冒险了。'

"'你所猜测的与我想的一般无异。我且问你，太子手下能做此勾当的能有几人？想必驸马也早就查清楚了吧。'

"'大人说得不错，能替太子做如此事情的，也必是太子信任之人，应该就是他了。'

"张大人让那凶手录好口供，签字画押，将其暂押牢房，等候发落。临走之前，那凶手又问：'张大人，我……'

"'你放心，应允你的事我会办到。带下去。'

"那凶手刚要被带走，张大人又开口问道：'且慢，这已故女子的父母和姐姐被驸马关在哪里？'"

…………

"天亮之前，张大人派我把驸马的车驾悄悄地送回到驸马府外墙边。天亮之后，驸马府里面人仰马翻，说新来的车夫不见了，车驾也丢失了，禁军指挥使也赶忙来拜访，一时乱成一团。估计他们觉得事情搞大了不好收拾，也怀疑是太子派人来搅的局，所以未敢将消息声张出去，倒是给原来的那个车夫一顿好打，严刑逼问，但终究也没问出什么来。

"乱中有静，乱中也有乱。太子那边听说了驸马府好像出了什么事，但又什么都不知道，心下正犯嘀咕。张大人准确地把握了太子的心态，于当天傍晚，派人故技重施，给太子也送上了一柄飞刀和一张字条。

"飞刀还是插在了桌上，字条的内容也没有什么变化：杀人的事情已露，人头已被寻到。

"太子亦是着急忙慌地将行事的杀手叫来，问道：'那侍卫的人头你可藏好了？'

"'回太子，确已藏好了。'

"'与我相好的那女子真不是你杀的？'

"'回太子，确不是我杀的，您已吩咐过留她性命……'

"'好，你看看这个。'太子说着把字条递给他。

"'这，这……'

"'这什么这，赶紧去察看并处理掉，注意别被人跟踪，有任何追查者，杀无赦，快去！'

"'遵命。'

"那杀手十分谨慎，一路围着街巷转圈，最后去了城郊的林子里。张大人带我们跟了进去，只见那杀手摸黑走到一个土堆旁，伸手在土堆旁边的槐树洞里寻摸，然后突然起身飞蹿上树。我们还没有反应过来，张大人便已跟着跃上树梢。

"那凶手回手就是三枚暗器，都被张大人躲过，紧接着张大人一招'落鹰盘旋'，从后面抓住那凶手的后背心，两手插入他肋下锁住颈部，双腿盘住他的下身，让他动弹不得，直勾勾地摔了下来。刚一碰地，那凶手一个侧滚躬身，挣脱出来，同时也抻出来一把狗腿短刀，与张大人近身

　　　　　　　　——————————料事如神

相搏。

"我等恐黑暗无光，张大人被贼人所伤，赶忙点燃了火把，就听得一声'好刀，好刀法'。

"再见那杀手刀已落地，右手下垂，站在那里已然不动，张大人安然无恙。我赶忙问道：'张大人，他这是……'

"'他的刀法确实厉害，一招便可要我性命，果然如驸马府的那个凶犯所说。我刚刚被逼无奈，情急之下废了他的手臂，将他拿下带回去。'

"我们正说话间，那杀手突然一个俯身，左手捡起地上的刀，就往自己的脖子上抹去。张大人眼疾手快，一指戳中他的手腕，刀再次落地。

"'如果这只手你也不要了，我可以成全你。'

"'我连死都不怕，何惧再废一只手，你杀了我吧。'

"'人死有轻重，我知你非主谋，若你肯如实交代，我或可保住你性命。你是个聪明人，不是吗？此间不是说话处，沈寺正，命人从那树洞里把人头拿出来吧。'

"我等回到大理寺，张大人先命令将那杀手关起来，叫我等看住他，不可有失，随后便独自去了御史府。王大人张大人到，赶忙将他请进书房叙话。

"王大人很是激动，道：'张大人深夜前来，必是案子有了进展。'

"'不错，托王大人的福，真凶俱已被我拿下。此前我若不辞官离朝，要破案恐怕是难上加难。'

"'张大人智勇双全，心思缜密，在下实是佩服。'

"'王大人，咱们无须客套。我素知你忠于圣上，心系社稷，此番前来有要事相商，还望王大人知无不言，不吝赐教。'

"'张大人想知道什么尽管问，在下定如实告知。'

"'谢王大人。王大人可还记得当日所参驸马的罪证，是从何而来？'

"'此事你不提，我倒还忘了。那是有一日，我在家中处理公文，感觉困乏便伏案小憩，待我醒来，只见一封信放在书案上，上面记载了驸马的种种罪行。我疑是有人故意栽赃陷害，于是命人紧急查访，所查到之事俱与信中所写无异，这才决意弹劾驸马。'

"'那信应该是太子派人送来给你的。'

"'太子？这可是当真？'

"'我已查到此事与太子有关，且太子与驸马各自都有图谋，恐怕对圣上不利。太子与驸马也是互为眼中钉，想要相互拔除，太子送给你驸马的罪证，这倒不稀奇。我想问，王大人可有收到关于太子的罪证？'

"'啊——这……罢了，朝中再无人能出张大人之右，此事关系重大，张大人请看。'

"王大人说着就从书架的柜子中取出一封信，上面记着太子勾结外臣，已命三处驻防军集结，只等一声令下，便直逼帝都。

"'太子这是要逼宫！此事迫在眉睫，王大人，你带上此信连同弹劾驸马的奏章，连夜与我去趟大理寺，咱们先审个关键要犯；天明后再与我一同进宫面圣，事不宜迟。等下需要王大人……'

"'听凭张大人吩咐。'

"张大人回到大理寺，与我等交代了一番，令其余人等都退下，只留下心腹之人，随后便命那杀手上堂。

"'此案我已查明，你可愿说出实情？'

"'我没有什么好说的，但求一死。'

"'好，那我就成全你。来呀，给他一杯酒送他上路。'

"'哼，死则死矣，多谢大人的酒。'那杀手将酒一饮而尽。

"'放心，酒里没有毒，我要你慢慢地死，留给你时间忏悔，想想你帮太子做过的恶事，现在就慢慢地替他赎罪，看你的性命值也不值！取刀来，将他的眼睛蒙上，动手！'

"我等将那杀手的眼睛蒙上后，用刀背在他的手腕上一划，随后在他身下放了一个铜盆，铜盆上架了一个滴壶，让里面的水一滴一滴地落在铜盆里。

"'你听着，你的血正在滴入盆里，你说你死之前可滴

满一盆吗？'

"人并不怕死个痛快，可是感受着自己的性命倒计时，心硬如铁的人也难免绝望与心慌。那杀手听着自己的血不断滴入盆中，额头登时就冒出汗来，想必连呼吸都困难了。

"'你既不愿说，那便由我来说。倘若我说得不错，你忏悔得够了，便告知我等，我可给你一个痛快，否则……'

"那杀手喝的酒里，已被放了少许的迷药，他渐渐感觉头昏脑涨，体力不支，以为是流血过多导致，再听着滴滴答答的滴血声，心下更加发慌，但是嘴上还是道：'废话少讲，你要说便说。'

"'太子与他侍卫的妻子有染，被那侍卫发现了，太子担心那侍卫生出什么事端，便指使你去把他除掉。那日你尾随那侍卫回家，随后便跟进屋去。那女子见过你，所以上来就问你是不是来救她的。那侍卫本就已对太子痛恨至极，看见你更是不容客气，但是你武功高他许多，一刀便将他斩了。太子吩咐你，如果那女子聪明，闭口不对外讲，就留她一命。虽然那女子很识时务地没有叫喊，但是你却没有把握她不会宣扬出去，索性也想将她杀了，太子是不会追究的。可你没想到，在你要动手时，听到又有人要进来，所以你赶忙拿起侍卫的人头从窗户翻了出去。随后你听到进屋那人说可省了我的事了这句话之后，心里想到可能是太子改变了主意，怕你留下了这女子活口，于是又派人来了结她，然后你就离去了。你回去复命的时候，担心太子又后悔杀了那女子，会将事情算在你头上，想着反正人不是你杀的，也就没有和太子提及此事。这就是你行凶的过程。可你不知道那女子并不是太子杀的。'

"那杀手感到自己越来越虚弱，答道：'大人你好厉害，但你说那女子不是太子杀的，却是谁杀的？'

"'还有一件事，你以为太子想杀那侍卫只是因为担心他为夺妻之恨复仇吗？此事太子也不会对你明讲，但此刻你命在旦夕，让你知道也无妨。王御史已查得太子要造反的事！那女子是驸马派人去杀的，连同她的丈夫也要一起杀，为的却是另一件事，那就是构陷太子和我。'

"那杀手听罢，表情有一丝惊讶，想说什么却又止住。

"'这事情巧得很，驸马派去的凶手是在你杀了侍卫之后进的屋子，他以为是那女子将丈夫杀害了，就说出了你后来听到的那句这可省了我的事，然后他便将那女子杀了，取走了人头。其实那凶手的心思比起你来还差得远，他没有想到一个不会武功的女子如何杀了做侍卫的丈夫，也没有想到当时现场没有凶器，更没有想到那侍卫的人头也不见了。'

"张大人仔细观察了那杀手的神情，觉得该给他上一剂猛药了。

"'那侍卫知道了什么事让太子想除掉他？因为他无意

间听到了太子与人密谋造反的事。太子不确定他是否真的听到，但已起了杀他之心。那侍卫为何会知道他妻子与太子有染？是驸马的人告诉他的。驸马的人故意与太子的侍卫交好，就是为了套得太子的情报，搜集罪证。那人将那女子与太子的奸情告知那侍卫之后，那侍卫怒从心起，便将太子要造反的事情告诉了驸马的人。所以太子的罪证是谁交予王御史的呢？是驸马的人。驸马的罪状是谁交予王御史的呢？应该是你吧。这下你可清楚了？你为了太子卖命，到头来他却完全不信任你，让你去杀人都要以另外的理由。而且你可知道，太子就不疑心你在杀那侍卫的时候，那侍卫会将此事告知于你吗？太子要是对你起了疑心，那么接下来……还要我说吗？'

"'我，我……'那杀手已汗流浃背，滴壶里的水也已滴了一半。

"正在这时，王大人从门外进来，故意大声与张大人说道：'张大人，太子勾引下属人妻、派凶杀人、结党营私、图谋造反的事我已禀明圣上，圣上已将太子关押。太子为求自保，将所有事情推在了为他办事的下属身上，推脱自己毫不知情。圣上盛怒之下，已凌迟了不少太子的从属。'

"'大人，求大人给我个痛快，凌迟和滴血的死法……我实在受不了了，大人，一刀杀了我吧。'

"'不急，我且问你，我刚刚所讲你行凶的事情，是否

是事实，你可招认？'

"'是，我招，大人所讲分毫不差。'

"'好，让他签字画押，除下他蒙眼的布来。'

"那杀手画押之后，眼前由黑转亮，一看地上铜盆里的水，顿时恍然大悟，但已心如死灰。

"'大人好高明的手段！'

"'过奖了，带下去！'

"那杀手刚要被带走，张大人又道：'且慢，我还有话问他。'

"翌日天未明，张大人和王大人便一同进宫去见皇帝，命我等将那脚夫、书生、打更人、驸马府的凶犯、太子府的杀手一起秘密押送进宫。

"皇帝见张大人归来，心下十分高兴，急忙召见。张大人对皇帝说此事干系重大，只请与王大人一同参见。皇帝闻言，遂命侍卫退至御书房外候旨，并令其余人等一概退下。

"'陛下，我已查明人头案的真相。凶手和证人俱已在御书房外候旨，可证明凶案非我属下二人所为。'随后便将审案的卷宗、画押的文书呈给皇帝。

"'好，好，朕果然没有看错你，朕即刻让你恢复原职，你属下二人即刻释放，回家休整几日，继续跟你办差。'

"'谢陛下，但……'

"'卿还有何事，不妨直言。'

"'陛下，我和王大人查到了太子和驸马的罪状，条条罪不可赦……'

"'什么？王御史，你说！'

"'是，回陛下，这是臣搜集到的太子和驸马图谋不轨的证据。'王大人将书信和罪证呈了上去。

"皇帝先是看了王御史呈交的文案，一边看一边手抖得很厉害，然后又认真看了张大人呈交的案宗，看罢一拍龙书案，将茶碗丢在地上摔了个粉碎。门外的侍卫一听动静，急忙冲进来护驾。

"'放肆，退出去！将那几个凶手和证人带进来！'

"待侍卫出去后，皇帝亲审了这几个人，随后令他们下去。

"'气煞朕也！此事若是属实，那朕和京城危在旦夕，朕的身边竟都是虎狼！张卿家，你可有良策？'

"'愿陛下恕罪，可能臣不能再侍奉陛下左右了。此事既是我查出，我若还在京城，让他们忌惮，恐怕会加快太子和驸马的行动，于陛下不利。为今之计，陛下只有先稳住太子，然后再伺机拿回禁军的指挥权。'

"'可是你若走了，朕一人如何应对他们？'

"'臣忠心于陛下，虽然身不在朝，但心中仍系着陛下，愿为陛下分忧。眼下陛下要佯装不知此事，将那三个证人放了，再赏他们一笔钱让其远离京城；将那两个凶犯暂时秘密扣押起来，不要杀他们，他们的活口会是陛下的利器。陛下再给太子联络的三处驻防将军提升官职，表彰他们的战功显赫；调他们回京城，修建府邸，入朝当差，赏赐他们的子嗣世袭军职，这样他们助太子造反的心就会瓦解，再派亲信去接管他们的军队。陛下也要给驸马提升官职，或可让他当宰相去制衡太子，同时想办法收回对禁军的控制，陛下也可借机看出太子和驸马的朋党都有哪些。至于臣下，可在远离帝都之地，为陛下尽份薄力。还有一事不知当不当讲，还望陛下恕罪。'

"'卿但讲无妨，何罪之有？'

"'此事既是陛下家事，又是社稷国事。'

"'你想问朕是不是要改立太子？'

"'陛下圣明，太子现今羽翼已丰，想动太子已要投鼠忌器，可如今太子反心已起，若强行夺权，恐怕要天下大乱。'

"'此事朕不瞒卿，朕确要改立太子，但如卿所言，太子已不能妄动。朕近日新得一位皇子和一位公主，他二人乃双生兄妹，日后只怕太子容不下这两个亲弟妹。且朕也想立此幼子为储君，但待他长大时日绵长，宫里危机四伏，太子定会找机会暗算加害。朕既留不住卿，那就拜托卿一件事，卿切勿推辞。'"

听到这里，我和妹妹对望了一眼，似乎感觉我俩的身份已不同往日，难道说……我俩心中都有了一个猜测，但碍于爹的面子我们没有作声。

沈捕头和爹碰了一杯酒，用余光瞅了我俩一下，然后面带笑意地说道："你们两个小鬼头莫要想多了，皇子和公主是双胞胎，你瞅瞅你俩长得很像吗？哈哈哈哈。"

沈捕头一语道破，让我和妹妹瞬间有些尴尬，又觉得有点儿对不起爹，但是心中却松了口气。

段三伯把酒杯放下后，拿起一大只羊腿走到墙角喂给了白耳郎，我们看着它没几口就给咽下去了。回来坐下后，他对我们说："张大人答应皇帝带着皇子和公主出宫，隐藏他们的身份。张大人不但要保护他们，还要不断打探宫内外的秘密情报，防止贼子作乱。皇帝御赐的令牌也被张大人给带了出来，不过考虑到皇帝血脉的事不能暴露，所以张大人后来也没有再用过那块令牌。"

"那太子是不是也在找他们兄妹二人？还有皇帝是如何解释他兄妹二人出宫的？"妹妹抢先问道。

"真是聪明的丫头！太子可不光是找他俩，可以说是追杀。自从太子被瓦解了兵权，只能在宫中隐忍，想办法将他俩除掉。皇帝按照张大人的计谋，在一次探得太子欲下毒杀

料事如神

害两位皇嗣的时候，提前命人将食物换了，并派人连夜带他们出宫；对外宣称两位皇嗣突染恶疾，或将不治，恐是上天怨怒，惩罚宫廷，遂将皇子公主送出去，由有道之士带走为社稷祈福。若是两位皇嗣不幸夭折，则是皇帝以二子祭天，平息天怒；若是侥幸得存，则留在宫外每日祈祷国泰民安，不必再回宫。此事一举两得：一来，可消除对那两位皇嗣的威胁，让太子以为自己已然得手，皇帝就算心知肚明也不能将太子如何，只能找个托词了事；二来，满朝文武也会猜测是太子下的毒手，如此胆大妄为，但皇帝似乎已没有对付他的手段，这会让忠于皇帝的臣子义愤填膺，也会让太子渐失民心。

"但太子是何等的心机，他怕事情有假，连连派人不断打探，要得他兄妹二人的死讯，但最终得到的消息是送皇子公主出宫的人均已自尽，再无法得知他们的下落。太子便确定他们没有死，于是这些年来，不断地派人出来四处打探追杀。想想那几个侍卫将孩子交到张大人手上之后，怕消息走漏选择了自尽，是何等忠烈悲壮！"

第三章　天任使命

"那皇子和公主现在已长大了吧，他们在哪儿？"

"此等绝密要事，张大人就连我们也未曾告知，我们也不会过问，因为我们知道得越少，安全的人也就越多！最终，皇帝按照张大人的计策，暂时将朝廷稳定了下来，但恐张大人在宫外独木难支，便派我等全力协助。只是我们已不再是郎中和司尉，我们也需要更换身份，这不才有现在的沈捕头和我段寨主嘛，哈哈哈哈。"

"只有二位叔伯吗？会不会……段寨主？那这酒馆也是……"

"你们觉得只有我们二人，势单力薄是吗？哈哈哈，既是奉了皇帝的诏命，那可调动的人手自然就不在少数。众人只是听凭吩咐，绝无多言之人。除了我二人之外，乔司尉还在刑部任职，皇帝同时让他兼任通政司的通政使，一边收集帝都上报的消息，一边与我们互相传递，并报给御史王大人。沈捕头利用职务之便，打探官面上的消息；我这个山寨的寨主，是为了拉拢绿林中人，探得江湖上的密报。说起来这个寨主，还得亏了乔司尉之前在绿林中的声望，都是他一手安排的。哈哈哈……这酒馆便是张大人与我们会面的据点。虽说大隐隐于市，但为了保险，只有我等有生死之交的人才会到此，其余人一概不知此处。乔司尉深谙此道，由于身在帝都出入不便，便从不过问，怕给张大人带来危险。以前我们总是乔装来的，只不过那时你们还小，见过我们也怕是忘了。"

爹一直没有说话，此时脸色略带惭愧，说道："唉，这些年耽误了你们几人的前程，兄弟实在是……"

"张大人说哪里话，没有您，我等在帝都怕是连旬日都活不过，您对我等已有再造之恩。且我等从心底敬佩您的为人和学识，甘愿一生追随，跟着您做事就是我等最好的前程！"

"好兄弟，来，干！"

我和妹妹也赶快倒了一杯酒，像模像样地端起酒杯，说道："我们也敬爹和二位叔伯一杯。"

我还没有回味完烧酒的辛辣，妹妹就已有些脸红地问道："那我们捡到的这颗人头……"没等她说完，她又定住不动了。

"我刚刚好像看到了这颗人头的主人在跑，好像穿着绸缎的衣服，衣服上面有什么花纹，她还拿着什么东西……后面看不清了。"

沈捕头说道："哈哈，没想到丫头你的能耐比那白耳郎还厉害。"

白耳郎趴在墙角，已不屑于理会他们，自顾自地打起盹儿来。

"我们此次来，就是为了查一宗案子，可能和驸马有关……"

"好了，今天夜已深，此事还有很多蹊跷，你们二位叔伯一路颠簸，该歇息了，明日再谈吧。"爹突然对我们说道。

"是，张大人。"二位叔伯齐声答道。

"爹，明日可否传授我们武功？"

"明日再谈。回去休息吧。"

"是。"

我和妹妹的房间是个里外屋，爹总说让我守护着妹妹，便让妹妹睡在里屋，让我睡在外屋。

"哥，刚刚爹为什么突然就让大家休息了？"妹妹进屋之前问我。

"我也觉得很奇怪，难道是爹不想让我们继续参与到这个案子里来？可是不该我们知道的，刚才都说完了呀！"

"爹说会把武功传给咱们，你想不想学？"

"先睡吧，爹教不教咱们天亮才知道呢。"

我一夜也没怎么入眠，估计妹妹也是。天刚大亮，我俩就起来了。

我对妹妹说道："娘应该还没有把早饭做好，闲着也是

————————料事如神

闲着，咱们试着推演一下这颗人头的案子。沈捕头说这事和驸马有关，爹急忙掐断了话头。也许是爹觉得此事牵涉不少，咱俩不便旁听；也或许是爹突然有了什么头绪，需要独自思考一下。关键的细节，应该在咱俩昨晚回来之前，二位叔伯已经和爹说过了。"

妹妹说道："此事应该没有这么简单，通过种种细节，我觉得这件事的指向性都很强。首先，你听说前两天后山出了老虎，那应该是沈捕头已经查案查到了此处，白耳郎在帮忙找线索。那就是说几天之前，他们就应该来找爹了，爹那几天不在家，应该是和他们去查案了，但当时没有找到人头。其次，咱俩上山时，我突然有了感知未来的能力。好吧，你也不用羡慕，我也不知道怎么就有了。白耳郎带咱们找到了人头，并且由咱们带了回来。然后，爹他们并没有奇怪人头是我们找到的，反而说是天意，然后就和咱们讲了爹以前的事。那么以前的事和现在的案子又有什么关联？为什么要说与我俩？而且二位叔伯还说到了太子、驸马意图谋反，皇帝的两个血脉由爹带到民间，不知被藏到哪里，甚至让咱俩怀疑了自己的真实身份，这又是为了什么？爹暂时没有回京的打算，如果我们不知道这些事会比较好，爹就不怕咱俩因为好奇去作妖细查吗？所以我觉得……"

"你觉得这一切都是关联的，咱俩已经是局中人，爹尽管不愿，但也没有办法。"我抢道。

"的确如此。不妨这样假设，如果是太子追查两位皇嗣，从而查到了爹的所在，那么说明爹就已经暴露了，我们现在的处境很危险，爹只有让我们知道来龙去脉，才能想出周全的对策。那么太子的人现在会在哪里？一是，咱们带回来的那颗人头的主人，她是太子的人。她查到了此处，但是有人杀了她，帮爹斩断了太子的线索。如果是这样，爹就会得到消息，带着咱们转移就是了。但现在来看不像是这样。二是，她是被太子的人杀的。那就是太子的人追着这个人查到了此处，那么这个被杀的人应该是知道爹的，甚至应该就是来找爹告知什么消息的，但是她被抓住了，为了不吐露爹的所在，所以被杀。但是杀手又担心爹看到尸体后，知道位置暴露会转移，所以才将尸体的首级砍下藏了起来，然后，他应该是回去通风报信了。"

"你说得极有道理，那这么说我们现在还是很危险的，毕竟那个太子的人不用亲自回去，可以继续在这附近寻查监视，只要飞鸽传书回去就行。但问题是，我们能想到的，爹必然也想到了。但是几天过来，咱们没听说要逃走吧，那说明，一是爹知道这颗人头是谁的，很可能也找到了尸体；二是，爹已经抓住了那个杀手，知道情报应该还没有传回去；三是……"

我还没说完，妹妹就抢道："三是，这个追查的人并不是太子的人，沈捕头说和驸马有关，那他们大概是抓到了人，并且掌握了线索。这样一来，我们暂时就安全了，但这个案子就未必和两位皇嗣有关了，可是……说不通啊。"

"说不通的地方有很多，先吃早饭吧，看看爹他们起来了没有。"

早饭过后，二位叔伯向爹告辞，说几日后再来。然后，我们便和爹去了书房。

我问爹："爹说今天继续谈案子的事，两位叔伯怎么走了？"

爹说道："昨夜我们已谈完，爹不想你们牵涉进来。白耳郎暂时住在这里，你们可以去和它玩。"

妹妹眼珠一转，说道："爹昨天答应传给我们您自创的绝世武功，爹不会反悔吧？"

爹回道："既然不想让你们有牵连，自然是为了你们的安全，学会了武功，反倒会惹是生非。"然后爹看了我们一眼说："你们俩不是天天在这书房翻看秘籍吗？自己也学了些三脚猫了，能对付一个半个也就行了。"

妹妹赶忙回道："爹，话可不是这么说。大丈夫一言九鼎，您既说了传我们功夫，那就是要教的。何况您若不想我和哥哥牵涉进来，昨晚又何必告诉我们这许多的秘密？如果我们碰到命悬一线的时候，不会使用爹的绝学，又何以自救，难道我们终身要栖身在爹的庇护之下吗？"

爹没有回答，只是看着我们，沉默中带着怜惜。

我说道："爹，不如这样，倘使我和妹妹注定是碌碌无为之辈，也就不劳烦爹的一番辛苦；但如果我俩日后能够助爹一臂之力，也求不辱没了爹的名声，那么爹就得要教我们安身立命的本事。当然了，我们也不强求爹，但是作为交换，我们把对这件案子的分析说给爹听。爹如果觉得有些道理，认为我俩还算有点儿慧根，再传我们武功不迟。"

爹的眼神闪动了一下，说道："好，你们便说来听听。"

我和妹妹便把想得通和想不通的细枝末节说与爹听，爹听得很认真，一会儿点头，一会儿摇头。

待我说罢，爹长叹一声："天意，果然是天意。好，既如此，便传了你二人吧。"

我和妹妹激动得难以言表。

"大玄，爹知道你自学了盘龙棍法。这兵器可伤敌制敌，亦可杀敌，用法全在你一念之间。爹希望你能以德以仁服人，而非靠杀戮。爹的功夫大多凭着阴阳五行规律而创，你和二璇这些年也熟读奇门术数之法，若学起爹的武功倒也事半功倍。只是招式易学，心法却还需要领悟，内劲元气也要慢慢提炼。爹要教你的是截节劲，此功意不在杀人，只求伤敌自保。将敌人四肢关节寸寸打断，看似狠辣，实则是饶他性命，也属无奈。"

然后爹看向妹妹道："二璇，爹教你的却是杀人的技法，唤作截心指。你自幼聪明善良，造诣极高。你是个女孩子，爹知道你即使学会了武功，也不会有失体统，到处和人家动手。况且学武付出的辛苦极巨，爹是舍不得的。可若是碰到高手、练家子或是对你图谋不轨的人，仅学制敌的武功恐难自保，情非得已时唯有杀人。这截心指就是你在情急之下，伸出手指就可以制敌的功夫，敌人中招之后就会心脏骤停暴毙。这当然不会太简单，没有人会站在那里让你往他心脏上使力气。你要学会的是，不管戳中敌人身体的哪个部位，**都要让他中招的穴位和筋脉逆流上升至心，使心脉闭塞、心脏骤停。你要记住人身体所有的筋脉走向和爹教你的用指心法。**"

爹从一个我们从来没有注意过的破竹篓里面，拿出了两张羊皮卷，交给我们说："这便是两套武功的心法和招式。爹知道你们就算翻遍了书房，也不会翻到这个落满灰尘的竹篓，哈哈，现在就给你们了。你们二人的武功出手的位置是截然不同的，大玄专攻敌四肢，二璇则专攻敌躯干。切记，除非万不得已，不可出手伤人。"

"要是我戳到了敌人的四肢会如何呢？"妹妹问。

"那可能会戳断你自己的手指头，四肢的骨头有多硬你不知道吗？"

"要是我打在敌人的躯干上呢？"我问道。

"躯干上有很多骨头关节可断吗？"

"比如打在脊柱上？"

"那会直接打死人，但也没这么容易，你自己领悟吧……"

我和妹妹刻苦练了几日。妹妹对心法的领悟极快，甚至时不时还指点我一下。爹除了忙一些事，也会看着我们练功，招式方面都是逐一教授示范。

几日后，沈捕头和段三伯回来了，在与二人面谈之后，爹把我们单独叫进了书房。

只见爹正色道："你二人听好，事关紧急。我会告诉你们一些机密要事，也知道你们会问什么，爹……或许该让你们出场了。"

"大玄，二璇，前几日爹见你俩执迷于学武功，其他的事情也就未及多讲。不错，那日你二人猜测的案情，可以贴上十之七八。被杀的那个女子，爹确实认识，她是皇帝的贴身婢女。而杀她的人，爹一开始也认为是太子派来追查皇嗣的。只不过那女子并非普通侍婢，她曾被皇帝救过性命，是皇帝的心腹，也是将皇帝的两个孩子偷送出宫交给侍卫的人。两位皇嗣自出生之后，便是由她一手照料。后来听说太子有意加害，皇帝便让她配合演了皇嗣得重症病这场戏；关于宫里流传的消息，也是皇帝让她放出去的。她将皇嗣交给侍卫之后，因自己对孩子已有感情，又知从此不知何时能见，便躲开太子的耳目，偷偷跟了出来。

"她见孩子交予我手之后，便跟了我好远的路，直到后来我在一处山坡发现了她。我当她是太子派来的奸细，虽然心有不忍，但为了皇帝和社稷，还是差点儿要杀了她。她突然跪下向我坦露了她的身份，求我将她一并带走，她好照顾皇帝的血脉。她私自出宫，且可能已无意泄露了此间的机密，回宫已是生存无望，她愿意为两个孩子付出生命，只求伺候他们长大。我当时心中动容，却无法答应她的要求。我只对她说：'咱们都是忠于皇帝的，不分男女，也不分出身。你的心意我明白，皇帝将孩子交予我，你也要明白这意味着什么。非但你不能同去，连皇帝都不会轻易知道孩子在哪里，这才是保住两位皇嗣性命的关键啊，你懂不懂？为了将来的天下，你我都可将自己的性命置之身外，但我们必须各司其职。你回去吧，希望陛下那边，你能好生照拂。记住，就算陛下那边有再紧急的事情，你都不可来寻我，我自有安排。'

"自她回宫后，我派人多方探听，知她出宫后并没有走漏消息。太子虽派人去查访她，但碍于她每天服侍在皇帝身边，也都查无结果。这么多年，我也再没有见过她。谁知她此次到来，竟是为了告诉我一个重要消息。

"当时我还在奇怪，为了两位皇嗣的安全，他们具体的藏身之处我连皇帝都没有告诉，只知会了大致的方向，她又是如何得知并找来的？结果这次她没有能甩开追踪的人，就在将到这里之时被追踪的人抓到，她身上的密件也给搜了去。她宁死不说我们的所在，那人怕她泄漏消息，便将她杀害了，随后独自来搜寻我们的位置。这点和你们预料的一样。当那杀手把人头藏好后，便想飞鸽传书回京城。赶巧的是，你段三伯正和沈捕头要来给我传递消息，恰好发现了这个人，便将他的飞鸽打了下来，并将其擒获。经过一番审问和查看书信的内容，我们才知道，派他来的人并不是太子，而是驸马！

"此人给驸马传信说：'皇嗣位置已接近，速派人来捉拿，不日便可举事。皇帝已知情，密报与张大人……'我等心下大惊，将那人关押起来，又从他身上搜出了那侍婢带来的密件，那密件原本是皇帝的密旨。好在这人不是块硬骨头，吃不了几下刑杖，又经我们戳破了阴谋，便吐露了实情。原来驸马在当了宰相之后，便一直拉拢朝中的势力与太子对抗。太子被皇帝冷落后日渐式微。太子很清楚，他能做的只有找到皇子和公主并将其杀掉，才能顺利地等待时日登基，驸马若想强行逼宫夺权也是不易。但驸马就比太子有手段了，他周密计划，想要从民间找来一对少年龙凤胎，谎称是两位流落在外的皇嗣，要接回皇宫。这本是大功一件，再拉拢大臣们一起上书弹劾，揭露当初太子下毒杀害皇嗣和欺君的阴谋，便可以让皇帝废掉太子，改立储君。然后待储君即位，他便可一手掌控朝廷，从而寻机篡位。这也正是沈、段二位兄弟从京城得到消息，赶来告诉我的事。但

料事如神

是驸马并不放心，让真正的皇子、公主存活于世，恐将来自己被揭穿。如果事情不成，他至少要抓住真皇嗣当个人质威胁皇帝，所以另派人追寻皇嗣到此。皇帝得到消息后，既恐驸马发动政变，又担心两位皇嗣的安危，便派这个侍婢携带密旨给我。密旨上写的是：'张卿家亲启，朕深感卿家为君为国之心，多年抚养皇嗣之力，朕心中不胜感激。本待时机成熟，接回皇子立储，但现在驸马又欲行不轨，妄图找人冒名顶替皇室血脉，伺机篡位。此事迫在眉睫，但朕尚有余力可支。万望卿家顾好两位皇嗣，以待天机到来。令赐皇嗣身份信物金牌、玉牌各一枚，左都御史王卿家可做人证。如此次政变既成，速带皇嗣回京，朕当即宣布禅位以保江山不易他手。无负！切记！'这样一来事情就都说得通了。

"至于那侍婢的尸首，我们业已寻到，唯有首级当时不及细找，便让白耳郎在附近山上搜寻。我们要还她个全尸，告慰她在天之灵，谁知没多久让你们两人碰上了。那驸马的人虽然已被抓获，消息也被截下，我们还是担心行踪暴露，且此人是揭发驸马的重要人证，于是便让沈、段两位押他回山寨，将其秘密关押起来。如果路上有他的同伙，不管是救他还是杀他灭口，都说明此地已不安全，我们需要立刻转移。好了，你们可以提问了。"

妹妹有些激动，眼睛直勾勾看着爹道："爹，你一直说太子也好，驸马也罢，追踪的人只要找到你，就等于找到皇嗣了。如果他们不知道是你藏起了皇嗣，那找到你又有什么用？如果是找到你就可以，那说明他们知道皇嗣一直在你身边。难道说……我和哥哥真的是，是……"

"唉，终究还是瞒不过你们……"

我的精神也振奋了起来，爹看了我一眼说："大玄确实是皇子，但二璇你是我的女儿。"

我和妹妹都长大了嘴巴，一脸的不敢相信。我竟然是皇子！妹妹竟然不是公主！也对啊，我俩都糊涂了，我俩差了三岁，又长得不太一样，怎么会是双胞胎呢？

妹妹还没有从震惊中缓过神来，但紧接着似乎想到了什么，脸一下羞红了。

"哥哥，原来咱俩不是亲兄妹，你是皇子，你，我们……"

她突然感觉说了什么不合时宜的话，头更低了，脸更红了。

我倒是没有顾得上想太多，接着说道："那爹……我还能叫你爹吗？"

说完我觉得我可能伤了爹的心，小心地看了爹一眼。

"不碍事的大玄，皇帝是你的父亲，将来我是你的臣子，这都是注定的事，你怎么叫都可以。但是现在我们还有很重要的事情要做。先来说说二璇的能力，她预知未来的能力。"

料事如神

看到妹妹还在沉思别的事情，我赶忙拉了一下她的手。妹妹急忙回过神来，赶忙把手缩了回去。

爹若无其事地说："二璇，知道你们不是亲兄妹了，你喜欢你哥哥是不是？女儿家的心思爹清楚，没有什么不好意思的。以后你们如何爹不会干涉，现下说说你的事。"

妹妹还没有反驳，爹说完，我俩都觉得有一丝尴尬，妹妹以后要做我的皇后了吗？哈哈，我在胡想什么啊！

"二璇，你的预知能力爹以前就知道。记得四岁那年，你生了一场大病，连着烧了好几天。你哥哥又不知道跑到哪儿去了，好几天没回家，爹和你娘都急坏了。在你生病的第三天，你突然说：'哥哥，哥哥在枯井里面，快去救哥哥……有老虎，好白的老虎，不要吃我呀……'我和你娘以为你在说胡话，但也不可不信，我便带人找遍了附近的枯井，果然找到了你哥哥。但是你说的白老虎我却没有见到，当时也没承想会是白耳郎。转天你病就好了，我再问你的时候，你却什么都不记得了。在那之后直到前几天，你都没有再出现过这种预知能力，但爹知道你是上天选中的人……这次你突然恢复了这个能力，看来老天是需要你去做一些事的。"

"爹，既然二璇不是公主，那真正的公主，也就是我那我那个同胞的妹妹又在哪儿？"

二璇见我立马开始关心公主妹妹，脸上闪过一丝不快与伤心。

"这正是爹找你们要办的事情。你们沈、段二位叔伯已将那驸马的探子押回了山寨，路上没有遇到他的同伙，说明此地暂时安全。但京城的局势尚不明朗，皇帝说他尚有余力，其实也能猜到，驸马如果发动政变，太子便是那个出头鸟。太子怎么可能允许他找了多年都未找到，不知道突然从哪儿蹦出来的两个娃，就是他的弟弟妹妹了？他一定会想尽办法查明孩子的来历。如果被他掌握到证据，证明是驸马搞的调包计，他就会利用这个机会扳倒驸马，皇帝暂时坐收渔利即可。

"但是我们要提前做好万全的准备，随时待命。京城一旦有变，大玄你和公主就要立刻回宫，继承大统。你们俩三日后就要出发，去琅琊山方向找公主，将她带回到这里。如果这里出了状况，爹会想办法通知你们，你们直接去帝都，我们在那里会合。这里是你的金牌和公主的玉牌，你拿去，千万别丢了，这是你们身份的信物。接下来的三天里，我会再指导你们武功，希望你们用心领悟。"

我赶忙问道："爹，公主妹妹知道她自己的身份吗？"

爹回道："她不知道。"

"那我要如何找到并认出她，还得让她相信？"

"这需要你去想办法了，你是将来的皇帝，你会有办法的。"

料事如神

"为什么要二璇和我一起去？"

"二璇就是你的办法之一，有她在你身边，爹还能放心点。"

我："……"

"二璇，跟着他去，或许比待在这里安全，爹就把他交给你了。"

三天的时间在练功中飞速度过，我和二璇准备好了行装，爹给我们准备了两匹马。

"白耳郎就不和你们去了，路上带老虎太招眼了。"

"爹，我还有个问题，为啥我和二璇的名字是一样的？"

"因为爹要迷惑敌人，万一有人知道了皇嗣在我这里，那他也不知道是你们两人中的谁。而爹既可以说公主在我这儿，也可以说皇子在我这儿，外人怎会知道一个名字的念法是两个人呢？真没辙了就交出一个，这不就是玄机吗？"

"那如果真要交出一个，爹会交出……"

"自然是交出我的孩子，不然江山社稷要如何？！"

我和妹妹虽然明白爹的大义，但幸好我是皇子，可是妹妹心里会怎么想呢？她应该会懂的吧……

我们一路东行，虽说秘密赶路之人都知晓日宿夜行的道理，但是我和妹妹不免还是感觉夜里走路不安全，怕迷路了不说，妹妹也怕黑。

妹妹给我的内衣上缝了一个口袋，让我将金牌藏在里面，防止丢失。而玉牌她坚持要放在她自己身上，她说万一都在我这儿，如果丢了就都没了。我看她是怕我路上把她给丢了吧？

在路上我还是忍不住问她："爹说万一有情况，就把他自己的孩子交出去，妹妹，你会怪爹吗？"

妹妹愣了一下，说道："当然不会怪爹，爹心中肯定是万分不舍的，甚至比死还难受。爹能做到的事，我为什么不能？我什么都不会怪的。"

"我还想这些年爹为什么让我睡在你房间的外面，咱家又不是没有其他房间，让我一直都以为我是你的护卫呢。"

"可能是爹要隐藏你的身份吧，这样万一有情况，就不会让人猜到是你了。"

"那以后我要是做了皇帝……你……哈哈，没事，当我没说。"我脑子不知道在想什么，随口念了一句。

妹妹的脸都红到脖子根了，低眉回了一句"你去做你的皇帝好了，和我有什么关系？爹还要我照顾呢……"渐渐就没了声音。

做了十多年的兄妹，这身份突然就变了，我和妹妹都挺难自洽的。后面的事情还都未可知，想太多也是无用，为了避免尴尬，我赶忙问她："也不知咱们走得对不对，你快用灵力预知一下。"

"早就预知过了，方向是没错，后面还要坐船呢，也不知坐船好不好玩。"

三天之后，我和妹妹来到了一个城镇，天色渐晚，我们赶紧去找了一家客栈。

"掌柜的，我们要住店，一间中等房，够两个人睡觉就行。"

我诧异地看着妹妹，不知道她为何会这么说，心中又有些激动，觉得不好意思。我刚要开口问她，只见她白了我一眼，继续说道："随便做两碗面，给我们送到房间。给我们的马也弄点吃的草料。对了，再打一桶洗澡水，这个脏猴儿都臭死了。"说着指了指我。

掌柜的一面带我们去房间，一面吩咐店小二一应准备。房间还算干净，里面是横竖摆放的两张床。

掌柜的出去后，我赶紧问妹妹："大姑娘家的，和兄长出来，也不管人家知不知道咱们的关系，就当众喊着要一间房，还够两人睡觉就行，不害臊吗？我都觉得难为情。咱们又不是没有钱开两间房！走了几天，竟是风餐露宿，不是睡破庙吃干粮，就是野地里烤火挖地瓜，都住店了，还不好好休整一番，两碗面就把咱打发了吗？还让我洗澡……咦？你不会是想……妹妹，这样不好吧……"我感觉到我又胡思乱想了，赶紧闭了嘴。

"想你个死人头！就算你是皇子，现在也还是我哥哥。咱俩都没出过远门，但也知道外面的坏人不少。要一间中等房和两碗面，就是告诉别人我们没有钱，少让坏人惦记！就这我还想咱们的两匹马就挺招摇的了，要不是为了赶路，就让爹给咱们换别的脚力了，驴看着都比马低调。咱家就是开酒馆的，想也能想到，中等房当然是能住几人就住几人那种，保不齐还有拼房的，床肯定不止一张。我要不是女孩儿，咱就住下等房大通铺了！现在包了一间房给咱们住，比你住破庙野地不是强了百倍？！咱们又不喝酒，估计也不会有人在面里做什么手脚。人家不知道咱们的关系倒是方便了很多，就算当咱们是私奔出逃的小夫妻又如何？再说咱们已经在一个里外间一起住了十几年了。至于洗澡水，那是我要用的，你就别想了。你要是也想洗，就等我洗完了……"

妹妹可能意识到后面越说越感觉哪里怪怪的，声音越来越小，也闭上了嘴。

吃完饭后，妹妹让我在房间门口守着，她在里面沐浴。听着澡盆里的水哗哗作响，我又在想以后的事。此时，好在客栈的人不多，也没有獐头鼠目之徒意图窥探。

妹妹洗好后叫我进去，问我洗不洗，水还是热的，也没有很脏。

我当然不会嫌妹妹用过的水脏。只是，一来若我脱光了衣服洗澡，妹妹就得到门外等着，我怕她自己一个人不安全；二来我要是真心安理得地用妹妹洗过的水泡澡，也会让妹妹觉得怪怪的吧。于是我就脱了上衣，用毛巾湿了水擦了擦身上，擦脸的时候，依稀还可以闻到这水带着妹妹的体香。妹妹则是全程脸冲着墙，躺在床上假装打盹儿。

夜里我和妹妹一人一床地躺着，也不知道她睡着了没有，想叫她说话，但还是没开口。迷迷糊糊中，我听到了屋外有动静，似乎是有人在偷偷地牵马。心想果然让妹妹说中了，准是贼人见我们不像有黄白之物的，便打起了马的主意。

我赶紧跳起来，低声地叫醒妹妹："外面有人在动我们的马，因为咱们来的时候，就只有咱们的两匹马。"

"你要出去看看吗？咱俩一起去吧，我自己在这里有点儿害怕。"

我们俩小心地迈步出门，月光下看到一个人鬼鬼祟祟地牵着我们的两匹马往外面走。万一让他骑上跑了，我们可追不上他。

我一个箭步冲过去，喊道："小贼好大的胆子！光天化日之下敢偷本大爷的坐骑！"

那小贼一惊，回头道："哪来的光天化日，明明是深更半夜。乡下小子，取你的马是瞧得起你，再纠缠就取你的命了。"

见我就要到他跟前探手一抓缰绳之势，知道我可能有功夫，那小贼不再答话，翻身上了我的马，扬手一拍便向前蹿去。妹妹也已跑了过来，我拉住她翻身上了她的马，我俩就追了出去。

夜里街上无人，也无灯火，月色下两匹马、三个人，一前一后。

眼见出了镇子，两匹马相距不到十步。我急忙掏出盘龙棍，扬手使了招"燕知返"。只见这棍盘旋飞出，已走在那小贼前面，忽然一个折返，两节棍子向小贼脸上打去。小贼慌忙想往旁边闪躲，棍当中的铁链已绕在他的颈部，猛然一下将他拖下马来。

我急忙唤马："吁——"我那马走了两步便停了下来，自顾自地在旁边啃上草了。

我和妹妹仍坐在她的那匹马上，我对躺在地上的小贼道："你取不走我的马，也取不了我的命，还有何话说？"

那小贼倒也不慌不忙，徐徐站起身来，捡起了盘龙棍，拍了拍身上的土，然后对我说道："既然已败在你这乡下小子手里，我也无话好说。盗马而已，你是将我送官，还是将我打死，悉听尊便就是。这个玩意儿还不赖，还你！"说完便将棍子丢还给我。

我接过棍子，见此人谈吐不凡，非一般贼人之状，一时竟不知如何应答。此次出门，本就多一事不如少一事，我有心放他走，但又恐他回过头报复，正在想到底要如何，妹妹却说话了："敢问是绿林的好汉吗？还请道个万儿！我兄妹二人路经贵宝地，若有地方得罪，还请见谅；若兄弟没有受伤，咱们就此别过。"说完伸手作了个揖。

我正纳闷儿妹妹哪来的这身江湖气质，只见那人也作揖道："姑娘言重了，我非绿林中人……"

正说话间，一连串的马蹄声奔了过来，马上坐着一个蒙面人，手中挥舞着一把鬼头刀。

"想不到你还带了帮手！"我脱口而出，回头看妹妹也露出惊慌的神情。

"不，不是。"

那人还未说完，只见马上的蒙面人喊道："哈哈，又是你！白天刚抢了你的马，想不到晚上又给我送来了两匹。哎哟，还有个如花似玉的大姑娘！哈哈，好，好，那大爷我就笑纳了。"

这马上的蒙面人如此猖狂，竟仿佛没有看见我一般，还对妹妹出言不逊，让我有点儿气血上冲。

未待我讲话，马下的人就回道："休要胡言乱语！大丈夫岂可对姑娘轻言冒犯！"

"你个厣瓜草包，先顾好你自己吧。白天若不是你跑得快，现已做了我这刀下之鬼了，现在还敢来充英雄救美，我成全你。先解决了你，我再和这美人交鱼水之欢，哈哈哈。"说着，那蒙面人便骑马舞刀向那马下的人冲了过去。

"你带着姑娘快走，这人不好对付，我替你们挡一阵儿，那匹马不要也罢，快去！"

我还在想，莫非是这人见自己偷马不成，带来了帮手演戏，要忽悠我们一匹马走？我们并没有动身，一错神的工夫，但见那两人已交上手。马下那人手中没有兵器，加上功夫也确是不济那蒙面人，闪躲中并无反击之力。不出几个回合，那人便被蒙面人一刀砍中了肩膀，鲜血直流。

妹妹急忙冲我喊道："别看戏了，快帮他呀，他就要被砍死了！"

眼见蒙面人的刀刃即将往那人的后颈落去——要是晚一分，人头就落地了——我急忙再扬手甩出盘龙棍，口里一声："着！"还是那招"燕知返"，盘龙棍打在蒙面人的刀柄上方，旋即将那刀卷去，落在一旁。

那蒙面人一惊，一脚将那人踢翻在地，旋即向我扑来。

我恐他误伤了妹妹，急忙跃下马，接他来招。好在我俩都是赤手空拳，对方手里少了利刃，我心中也就放松了许多，手脚跟着越来越灵便。

蒙面人刚拳猛脚连续进了二十多招均被我躲开，见我并未还手，心中不知我功夫虚实，料想我只是虚张声势并无实学，但又见我刚刚一招就下了他的兵刃，心中也不敢怠慢。

————————————料事如神

"小杂种，要是还不了手只知道跑就趁早滚远点儿，大爷看在你送来这小美人的面上，放你一条生路。若是不识相，大爷就先废了你，再让你眼瞧着我和小美人是如何乐呵的，哈哈哈。"

蒙面人说完这话，瞬间让我无名火起。我还未张口，但听妹妹道："你无非是不知道他的功夫深浅，打又打不倒，走又不甘心，想去捡回兵器又觉得丢脸，我看你才是慌了手脚，不知该怎样才好。我劝你还是赶紧逃了好，不然待会儿你跪地求饶都没用了。"

我心道：妹妹为啥要言语上刺激他？若是他不跟我纠缠，转头去抓你可怎么好？于是赶忙道："好啊，你再来，我们一招定胜负。"

蒙面人看了看我，又看向了妹妹，说道："小美人，这小杂种是你什么人，你这么向着他，该不会是你的野男人吧？看你一副娇贵的俏皮囊，原来也是个放荡的小浪皮。等大爷收拾了这小杂种，一会儿就让你知道知道厉害，谁要跪下求饶都没用。哼哼。"

虽然是在月光下，但也能感觉到妹妹脸上羞得一红，从小到大，她哪里听过这般侮辱调侃？

"哥，这个人的嘴巴坏得很，你下手不必留情了。爹教你的功夫，试试如何吧！"

我听妹妹被人言语欺辱，心头也是充满火气，恨不得立即废了他的一双手臂，叫他不能再害人，于是冲他招手，示意他出招。地上那偷马的人早已爬将起来，不知是否担心我和妹妹的安危，竟没有离开。看他频频和妹妹招手递眼色，似是要叫妹妹悄悄过去那边一般。

蒙面人仍站着不动，妹妹却看到了那人的示意，便骑着马要往那边走去。我恐其中有诈，又怕是那两人上演苦肉计来赚我兄妹二人，便一个箭步上去抢先出手。

蒙面人未想到我会突然进攻，更未想到我的速度会这么快，等他反应过来时，我的左手已扣住他右手脉门，右手已按在他的气海穴上。我有心用截节劲直接将他右手废除，但终究于心不忍，想着惩戒他一下罢了。于是我只用了两成力将他手臂一甩，同时在他气海穴上用掌根一按。但见他一口气提不上来，前扑跪倒在地，右手气力全无，搭在一旁。

我赶忙跑过去牵住妹妹的马，那盗马人见我能一招将蒙面人击倒，也没有再叫我们过去，反身走向我的那匹马，给我们牵了过来。

我们又回头看向那蒙面人，妹妹冲着他说道："都说了你再求饶就晚了，我哥这是放了你一马，以后你不可再做坏事了。还有，你该向我道歉才是。"

妹妹刚说完就"啊——"的一声惊呼，那蒙面人不知从哪里拔出来一把匕首，嘴里说了一句"泼辣的小浪皮，看我划了你的脸"，左手便伸出向妹妹刺了过来。

妹妹坐在马上，我因站在马头的位置，被马挡住了身位，再想出手去救已是不及，正心急间，只听得一声"休得无礼"，匕首便刺入了另一人的流着血的肩膀。原来是那盗马人正好牵马走来，见形势紧迫，便只身去替妹妹挡下了这刀。

趁蒙面人一个错愕，我已绕到了他身前，拖住他的左臂一甩，只听得骨骼"咔咔"断为三节的声音；又按在他右肩一个发力，同样的碎裂之声。然后他再次倒地，痛得无法再起身。

我赶忙查看妹妹有无受伤，又看了下那盗马人中刀的位置，所幸并不致命。随后我向蒙面人道："你胆敢刺杀我妹妹，本应该取你的性命，但我没杀过人，也不愿意被你脏了我的手。这下你总不能再害人了，快滚吧。不要让我改了主意。"

那蒙面人挣扎着起身，狠狠地看了我一眼，便晃着两条手臂痛呼着去了。

"兄台，你伤势如何，多谢你刚刚救了舍妹，在下不胜感激。在下方才还以为你和那蒙面人是同伙，真是惭愧得紧！"

"小兄弟，言重了。一处伤也是医，两处伤也是治，何况是伤在同一个肩膀，倒也省事，不耽误我用另一只手。姑娘莫看，我先将刀拔出止血，稍后再与两位叙话。"

见他牙关一紧，伸手拔刀，血流激射而出，我赶忙撕下一块衣服，用金创药替他包扎住伤口，不一会儿血就止住了。

"有劳了，在下贱名六甲，还未请教小兄弟贵姓。"

"原来是甲兄，我叫张一，这是舍妹张二。我俩乃乡下粗野之人，此次乃出来寻亲。看甲兄谈吐不凡，一身侠骨，想必不是绿林匪盗之人，却不知……"

"哈哈，一兄客气了，你俩既是兄妹，如蒙不弃，我便叫她二妹吧。"

"多谢甲兄相救，二妹感激不尽。"妹妹很懂事地接了一句。

"二妹也客气了，是一兄救我在先呀。"

"那也是甲兄先为我兄妹解围才会……"妹妹又抢了一句。

"好了二妹，咱们不必客套了。刚才那蒙面人出现之前，我正要与你俩说，我确非绿林中人，也非鸡鸣狗盗之徒。咱们已有生死过命之缘，实不相瞒，我乃万风山庄火德堂的堂主，也是万风山庄少庄主的心腹护卫。此次是来与少庄主办件差事，要传回紧急消息给少庄主。骑马走到此地时，我被那蒙面人将马抢去，险些被他杀了，后来逃到你们住的客栈中稍作休息，正想着去哪里搞匹马来，结果你们二人就来投店了。路途中的脚力对人何等重要，何况我有机要在身，不好与你们谈论让马之事，所以不得已就……我其实在马棚给你们留下了银两。"

"原来是这样，可是甲兄，即便是要马，一匹也就够了，为何要两匹都牵走？"

妹妹听到此处说道："马通人性，两匹马一路上结伴，若有一匹被不是主人的人牵走，难保另一匹不会嘶鸣告警。加上甲兄既已说了是紧急事务需要赶路，两匹马就比一匹马好使了，如果一匹马跑死了，立刻就能换另一匹了，这就叫马不停蹄。"

"二妹果然冰雪聪明，在下惭愧，哈哈。"六甲冒出了一丝尴尬之情。

"甲兄这回不用愁了，那蒙面人的马自然归还甲兄了。只是那蒙面人出现时，甲兄本可以骑上马跑路，又何以为我们兄妹与他纠缠？"

"一兄，我们万风山庄一向以侠义为重，老庄主在江湖上更是德高望重。我自小跟着少庄主一起聆听老庄主的教诲，平生最瞧不上那些恃强凌弱之人。何况他抢了我的马在先，对二妹无礼在后，我自是看不过去，那人纵然厉害，我也要与他拼上一拼，也不损了万风山庄的威名。哪知一兄有这般身手，倒显得我自不量力了。"六甲说完谦逊地一笑。

"甲兄谬赞了，我们是初出茅庐，还没怎么与人交过手。若有机缘，我与舍妹定当去叨扰，一睹万风山庄的风采。"

"一兄刚说与二妹前去寻人，不知所寻之人在何处，这个方向正是通往万风山庄的路，我回去后可让火德堂的兄弟们助你一臂之力。若你们此番同我一起回去那是更好，老庄主最喜正气的少年英侠，对你们必是待如上宾。"

"多谢甲兄美意，我兄妹尚不知所寻之人在何处，无异于大海捞针。甲兄既有要务在身，我兄妹不敢耽搁甲兄的行程。请甲兄即刻上路吧，咱们就此别过，后会有期。"我正想着也许去万风山庄可以查到些公主的线索，没想到妹妹却婉拒了六甲的提议。

"二妹既如此说，那么恭敬不如从命，咱们后会有期。你们有空一定要来山庄找我一聚。"六甲翻身上了马，很有深意地看了妹妹一眼，向我们一揖之后，扬长而去。

"你怎么说不去呢？万风山庄必是消息灵通，也好方便我们探听些线索。"

"说你笨你就是不聪明。如果我们去到了山庄，人家问我们到底找谁，咱们要怎么说？说找公主吗？何况我们根本不知道万风山庄的底细，你知他是不是太子或是驸马的爪牙？一个不慎，你的身份要是暴露了，那怎么得了？六甲这个人虽然救了我，但本来就是他盗我们的马在先，后来也是你先救了他，人情上谁也不欠谁的，所以不能太推心置腹了。咱们没有告诉他要找什么人，他也没有说他要送的是什么消息，互相不细问，已是心照不宣了。至于他说的事情，我们又如何能证实？眼下只能回到客栈去，看看马棚里有没有他留下的银两。"

"鬼丫头，你什么时候学得这么精明世故，我真是对你刮目相看了。你要是把我卖了，估计我还在替你数钱呢！"

"都是以后要当皇帝的人了，多长点心眼儿吧，天天就会弄根破棍子，看你以后那么多媳妇你怎么管。"妹妹说完，脸又红了。

"那我会有多少媳妇呢？"我笑着调侃她。

"有多少关我什么事！对了，你就算瞎起名字，为什么给我起了个'张二'啊，你才'二'好不好？哪怕叫张双双，那也是个女孩儿的名字呀！"

"……"

客栈的马棚中，果然有六甲留下的银两，可妹妹还是说防人之心不可无。天即将黎明，我和妹妹也困倦得紧了，一觉便睡到了正午时分。

吃罢午饭，看掌柜的对昨夜发生的事情毫不知情，我便与妹妹继续上路了。

"接下来我们去哪里？"我问道。

"去万风山庄！"

"咦，你不是说不去吗？"

"我是说不和六甲一起去，但没说我们自己不能去。我们去万风山庄附近打探一下消息，如果行踪泄漏了，就说是找六甲相聚的，见机行事也不会有性命之忧，不然咱们俩要到哪里去寻找？"

"你是不是又感知到什么了？"

"是有一些……但说不清楚，所以我们先去瞧瞧。"

顺着夜里六甲给我们指的那条路，一路向东行。两匹马虽然夜里被折腾了许久，但现在看来精神还不错。

我和妹妹一路上看着景，心中各有所思，走了有小半日，不知不觉就来到了一个湖边。

"前面好像没有路了。这湖看着不小呀，咱们方向是不是搞错了？难道六甲忽悠咱们？他确实也走的这个方向呀！"

"我之前不是说了吗？咱们得坐船，应该就是这里了。看，那边不是有船家？"

妹妹说着话，就向不远处停在岸边的船家招呼："喂——船家，开不开船呀？"

"你等一下，天就要黑了，我们难不成要睡在船上不成？且不说得不得休息，万一夜里船家在水上谋财害命，咱们可不容易防范，我可不会水。昨夜见你机警灵辩，颇有江湖阅历的样子，还想问问你从哪儿学的呢，现在怎么又糊涂上了？"

"我当然是从书上学的了。爹的那些书你也都读了，天文地理，包罗万象，不晓得你都读了啥。现在的情形是：如果我们不上船，这里是湖岸边，会有野兽出来饮水觅食，我们睡在这里很不安全；如果点火堆，万一有贼人强盗夜里渡水，也会发现我们。难不成我们走夜路回到那客栈去？估计到了客栈天也就亮了，还耽误我们一天的行程。再有，我们要带马渡水，自然不能找小船，大船上人多，想必船家不会轻易行歹事。除非碰上江贼、水贼打劫……"

"停，可以了，咱们上船就是，只是一切要小心在意。"

"老规矩啊，一会儿一切听我的吩咐，你尽量少说话！"

"我……哪儿来的老规矩啊……"

眼看太阳快要落山，我和妹妹牵着马向那艘大船走去。

"二位是要乘船吗？不知要往哪里去？"船老大上下打量着我们。

"不消你多问，我且问你，夜里你的船开不开？"

"那要看二位是去近还是去远，其实远近都无所谓，主要是给够了银子。"

"要一个包间，我们不喝酒，有好饭好菜就弄上几样，晚上也不要打搅我们，你速速开船，银子少不了你的。这个可够？"妹妹说着，掏出了一锭银子给了船老大，我一看正是六甲留下的银子，难怪她这次这么大方，可见是白来的钱花着痛快。但不是说出门在外，不可露白吗……

"够了，够了，二位快请上船！"船老大再次打量我们，心中猜测着我们的来历。

"不够也没办法，我们身上就只有这么多，到了岸自有万风山庄的人来接，到时再算还给你，多了的就当是赏你的。"

"二位原来是要去万风山庄，不知……"

"嗯，不消你多问，快去准备饭菜吧，赶快开船，把马给我们喂了！"

"是，是，这就去。"船老大一听"万风山庄"，对我们瞬时恭敬了起来。

"没想到这个船舱还不错，晚上你睡吧，我来盯梢。"

"无妨，咱们都可以睡，你想问什么就问吧。"

"这……你瞧，我以为这次也会像在客栈一样，咱们装成穷人夫妻……咳咳，装得穷一些，好让他们不打贪财的主意，没想到你出手就是一锭银子，难道不怕？再者，我们明明带了干粮，万一他们在饭菜中动手脚，却如何是好？还有，我们不是要低调查访吗，为何你又道出咱们和万风山庄有关系？不怕走漏了风声？"

"嗯，我猜到你要问什么了。这次和在客栈不同，咱们身在水上，万一有状况，咱们只能见机行事，却走不脱，不如气势强硬一些，让船家觉得咱们有身份不好惹。气势这

————————————— 料事如神

东西得花钱买，若讨价还价，倒落得人家小觑了咱们，觉得咱们好欺负。那锭银子出手时我已说明只有这些，让他打消其他的念头。至于万风山庄，我们本就要去那儿，不说的话他这船要往哪儿开？与其要说，不如就借一下万风山庄的名头，看看是否真像六甲所言这般威风。看船老大的表情，咱们也知道他是惹不起万风山庄的，再加上我说会有山庄的人来接我们，他可不敢有闪失，必然要把我们安全送到，兴许还为了领点赏钱呢，所以饭菜可以放心地吃。你要实在不放心，可以先看着我吃，我吃了要是没事你再吃。"

"二妹，你可真是……爹说得可真对！按你这么说，别的我都不担心了，就是怕万一他们见你貌美，起了坏心……"

妹妹脸一红，低头嗔道："呸，谁貌美了，哪儿学来的这么不正经的话。"

然而，为了以防万一，我还是让妹妹先吃了饭菜，自己吃干粮，见她确实无事，才胡乱吃上几口。

夜已深，船在湖上安静地驶着，妹妹已经睡着，我望着窗外的月亮出神，心想这一夜该是平安无事了吧。

然而，就在我快睡着时，湖上不远处响起了喊叫声。

深夜，湖面上的声音似乎会来得快来得响，妹妹一个激灵也清醒了过来。

"哥，像是个女人在叫喊，咱们出去看看。"

我本想说别惹麻烦，要真是不太平会很棘手。但听着像一个女人在求救，心里也是难安，便拉起妹妹出了船舱。

"船老大，出了什么事，何人在求救？"

船老大站在船头，似早已听到了动静，但却吩咐伙计往别的方向转头。

"我劝二位莫管闲事，黑灯瞎火的，不知是哪伙混水面的强人在害人，咱们还是躲了吧，莫要让他们发现了咱们，惹祸上身。"

"救命啊……求求来人救救我啊……我一个弱女子，清白污不得啊……"

果然是有女人求救，像是有淫贼要用强。我的气血又冲上了头。

"船老大，你只管开过去，这事我管定了，我看谁敢在万风山庄的名头上造次。"

我本想学妹妹说话，但把"谁敢在万风山庄的人前造次"，说成了"谁敢在万风山庄的名头上造次"，倒显得我冒用的心虚，好在船老大没有听出来。

见我如此说，船老大也不敢吃罪，只能一边吩咐人往喊叫声的方向驶去，一边不住地劝说："小爷，还是莫要去了吧，若真要去，见事不好，咱们可要赶紧走路啊。"

对面的船上有微弱的亮光，想是有人提着灯。摇曳的灯光下，隐约闪着刀光。一个女子跌坐在船头，头发和衣衫有些凌乱。只见她一只手撑在船头，另一只手紧紧拽着自己衣裳的领口，在月光的映照下，她惊慌失措的脸庞显得更加惨白，正有气无力地哭叫着求饶。

除了女子之外，她身前还站着两个人：一个是船夫的打扮，满脸的大胡子，一手提着灯，一手拿着鬼头刀；另一个蒙着面，双手空着垂下，站在大胡子身后。我感觉后者好生眼熟。

只听见大胡子大声说道："小娘子，我劝你还是放弃挣扎。你中了我们的'软骨酥'，这会儿怕是连站都站不起来了吧？现在你只有两条路，一是乖乖陪我们哥俩儿好好乐呵乐呵。我兄弟的双手废了，待会儿你要好好伺候伺候他，等我们哥俩儿舒服了，再把你卖到窑子里，也算留你一条性命。这第二条路嘛，便是做了我这刀下之鬼，被扔到湖里去喂王八。不过我可舍不得这么快杀你，你现在连自己死的力气都没有，也是得等我们哥俩儿同你乐呵完了再送你上路。要死要活，你自己选吧，哈哈哈哈。"

"兄弟，可莫要杀她，留着咱们好好享受些日子。要不是上次为了那个风骚的小浪皮，我的手怎么会残废？这口恶气还没有出，正好用这个小贱人好好发泄发泄。你都不知道，上次那个小娘儿们有多俊俏。哼！要是再让我碰到她……好在这个小贱人模样也不错，哈哈哈哈。"

"瞧我这兄弟多怜香惜玉，小娘子，你还不乖乖地从了……"

我们的船很快驶近了，船老大很不放心，未敢靠得太前。

"无耻的淫徒！快住手！"我怒火中烧。

听到我的呵斥，且见我们的船到了跟前，那大胡子先是一愣，随即回道："来者何人？"

见我和妹妹都是一般人家打扮，又见船老大惧怕的神色，"大胡子"得意道："哟嗬，还有上赶着送生意上门的，看你们那穷酸相，想必也没甚油水。今天大爷要赶着洞房，放你们一马，识相的少管闲事，赶紧滚，要不然……"

这时蒙面人突然发现了什么，赶紧对大胡子说道："兄弟且慢！你再仔细看看那个小娘儿们，那可人儿的容貌，就是我方才提到的那个小浪皮；说话的那个小子，就是废了我双手的小杂种！兄弟，你快替我报仇，宰了那小杂种，咱们抓住那小娘儿们！"

"原来是这样！方才还没瞧清楚，那小蹄子果然生得不错！既如此，那小子，把你身边的小蹄子给大爷送过船来，然后自己跳湖自尽，大爷的刀就不砍在你脑袋上了。如若不然，你那一船人谁也别想活。"

船老大本就害怕，一听那大胡子要杀人，更是吓得转身就要摇桨逃跑。

　　　　　　　　　　　　　料事如神

我一把按住船老大，说道："别慌，我可保得你性命，现下救人要紧，你把船靠上前去！快！"

迫于我的气势，船老大没有办法，还是把船贴了过去。

情急之下，妹妹对着那二人说道："原来是你！上次已放你走了，没想到你死性不改！你们快把人放了，我们今日定要救她。若是好生放她过来，你们便自去，我们绝不为难你们，不然的话……"

"不然的话如何？你便要过来和她作伴，是吗？本来只有一个小娘儿们，我们哥俩儿还愁使得不痛快，现在加上你就正好了，哈哈哈哈。"

"住口！休放厥词！"

我一个箭步踩在船舷上，便要跳将到那船上去，但是两船靠得再近，也有丈许的距离，奈何我不识水性，黑暗中又度不好距离，所以未敢贸然动身。

那蒙面人眼神犀利，似乎看出了这点，便在大胡子旁边低声耳语了几句。因有船压水花的声音，我没有听清他们说什么。

"那小子，你快跳过来，大爷的刀等着用你的血来祭，来给我兄弟报仇。怎么，不敢跳了？该不会是不会水吧？这湖里凉快得紧，好做你的葬身之地，哈哈。"

他们似乎是有意引我跳船，见我一时未动，大胡子便又道："你这小子嘴上厉害，原来是个屄包！人你是救不成的，大爷现在就当着你面办了她。那小娘儿们，你可瞧清楚了，待会儿你便也是这样让大爷开心的。"

说着大胡子撇下灯，上前一把撕开了那女子的衣服，她洁白的胸膛一下露了出来。

"啊……不要啊……公子快救我，求求你！"那女子已是声嘶力竭。

"快住手！"

我待船又贴得近了些，便蓄势要跳。

"哥，等一下！先别……"

妹妹的话音刚落，就听湖里"扑通"一声。

原来大胡子又要去扒那女子的下裳，那女子情急之下，使足一口气跳进了湖里。

"船老大，快去救人！旁的不用你管！"

船老大说了声"是"，便一头跳入湖中，这却让大胡子二人没有想到。大胡子本想入水去抢人，但怕我过船去挟持他兄弟，于是趁我们注意水面的时候，赶紧先将船划走些距离。

妹妹想到了什么，便冲我喊道："哥，他们要是敢凿船，就杀了他们！不要再留情了！"

妹妹的话让我心头一惊。我竟没有想到，万一他们要拼个鱼死网破、破釜沉舟，我不会水，又该如何卫护妹妹？

"你们二人赶快退下，我能废他的双臂，就能要你们性命。今日且放你们离开，休要再做奸邪之事！他日最好莫要再让我碰到！"我一边喝道，一边紧盯着他二人。

"小杂种，今天碰到你，算我们晦气。下次我一定会报仇的，让你那个小浪皮洗干净了等着大爷，哈哈哈哈。"

我还要出言，却被妹妹用眼神制止，此情此景不消再做言语之争。

船老大的动作不慢，一盏茶的时间就将那女子救上了船来。

我们将那女子扶到船舱，幸好船老大出手及时，那女子只呛了几口水，倒无大碍。只见她始终紧紧拽住自己被撕开的衣襟。我们出去后，妹妹赶忙从包袱里拿出干净衣物给她换上，并吩咐船老大取热过的黄酒过来，一是给那女子驱寒，二是给她压惊。

一个时辰之后，那女子脸上渐渐有了血色，人也清醒了过来，只是全身还没有力气。此时，船舱里只剩我和妹妹在照看她。

"多谢公子，多谢姑娘，多谢船家。"她挣扎着要起身，被妹妹按住了。

"姑娘不必多礼，你已安然无事，还是好生休息吧。"

"无妨，今日若不是碰到各位义士，我非但性命不保，连清白之身也……呜呜……"

"恕在下冒昧，夜里乘船本就危险，姑娘只身一人，为何……"

"此次出门，乃是为了替家主送一封书信。与我同行的还有家里的一个姐妹丫鬟。待我们送完信回去向家主交差的路上，不想却碰到那两个淫贼。本来我们不应该天黑乘船赶路，奈何怕误了家主的大事，急于回去复命，所以才……本来我们身上也不缺银两，盼望着可以碰见好人，多给些钱好把我们及早安全送到。不料那两个淫贼见我二人貌美，将船行至湖中便开始对我们出言挑逗。我一向怕和生人说话，更未遇见过调戏之事，当时便被吓得六神无主，我那姐妹却是个急脾气，硬生生地怼骂了他们几句。那二人初时见是无趣，便退出了船舱。我的姐妹便对我说，要小心他们劫财图色，连水都不能喝他们的，这一夜也无须睡眠，一切等天亮到岸再说；若是他们要钱，尽管都给了他们就是。不想他们却暗中放了迷烟，两炷香后，等我们觉察到，身上已经没了力气。我心下大惧，恐今晚难逃不测。我那姐妹却挣扎着起身，拿起桌上的烛台，吹熄了蜡烛躲在了门口。那个大胡子敲门喊话对我们进行试探，我们都没有出声，他便一脚踢开门闯了进来。我那姐妹用尽全身的力气拿烛台砸向他。大胡子没有料到，头上被打了一下，但我那姐妹力气实在是不够大，不仅没伤到他，还激得他恼羞成怒，一下就揪住了我那姐妹。没想到我那姐妹抱着必死的决心，为了保全我，想和大胡子同归于尽，便一口想咬住大胡子

　　　　　　　　　　　　　料事如神

的脖子，但因他一躲避，只咬住了他的肩膀。大胡子一怒之下，扯住我姐妹的头发，将她扯出船舱，拔出刀来一下就将她杀害了，然后又把她扔下了船。我又惊又悲，一切发生得太快了，还没反应过来，我那姐妹已经香消玉殒。然后那大胡子和蒙面人又向我走来，来拉扯我的衣服，要强行不轨之事。我死命反抗，挣扎着逃到了船头呼救，然后，就碰到了你们。"

听她说完，我和妹妹一时都陷入了沉思，有很多问题想问，又怕直接问姑娘家有所不便，竟不知要从何说起。

"我听到那大胡子说，你们中了什么'软骨酥'，应该是那迷烟毒药，不知有没有办法可解？"还是妹妹关心姑娘的身体，先接了话。

"我不知道，只是现在身上还没有半分力气，想必回去后家主定有办法可以解毒，家主药房中有很多药的……"

"我叫张双双，这是我家兄张大一，不知姑娘的闺名是什么？"

听妹妹这么问，我将头侧到了一边。那姑娘脸上含羞，但见我有君子之仪，还是小声地答道："贱名万凤，我那死去的姐妹叫万鹊，我们都是家主的丫鬟。"

万凤……万鹊……我和妹妹心里都似乎想到了什么。

"万凤姑娘，你方才说到的家主是……"我问道。

万凤低下头沉吟，似乎不愿回答这个问题。妹妹看出她的为难，给我递了个眼神。

"姑娘不便说就算了。哥，你刚才在船舷要跳过去的时候，那两个淫贼在说什么？似乎他们故意要将你引过去。"

"我当时急着救人，并没有听清他们说什么，我也在奇怪这件事。"

"两位恩人，我当时离他们近，我却听到了。那蒙面人对大胡子说，那小杂种……对不起公子，他说你身手了得，不容易对付，若真拖得久了，让你找到机会，也不好做，索性引得你跳过船去。那蒙面人虽双手残废，但用脚也足可置我于死地。待你过船之后，蒙面人便用我来挟制住你，那大胡子再乘机跳到你们的船上，杀了船老大，再挟制住令妹，逼你当场自尽。若此计失手，他们便找机会凿了你们的船。你担心令妹安危，又不忍我被他们残害，定不会再与他们交手，只会极力地回护，他们也可全身而退。"

"好毒的计策，那蒙面人果然狠辣，还好家妹聪慧，提前让我防范他们凿船。"

"我被他们扯开了……扯开了衣服，羞愤难当，又想到再如此下去不但自身难保，还会累及你们兄妹，所以……"

"所以姑娘为了保住清白，也为了道义，就跳进湖中了。如此说来，我们还要感谢姑娘才是。"

"不敢当，令兄妹是我的救命恩人，小女子此生不敢

————————————料事如神

忘恩。"

"姑娘言重了,实不相瞒,那蒙面人的双手就是被我废掉的,因他之前对家妹也有所图。家妹不想我杀人,便放了此贼去,未想此贼死性不改,竟害了你的姐妹,又差点儿害了你。"

"万凤姐姐,不知你接下来是要到哪儿去,我和家兄可送你一程。"妹妹没有与我商量,竟直接说了出来。想来也是,她中着迷药,我们肯定是要送她回去的。

"这……恐怕会耽搁令兄妹的行程,小女子怎能……"

"万凤姑娘,家妹说得对,就算我们不送你,你现在身子这种状况,又如何回得去?路上若是再碰上歹人……"

"那如此便谢过二位恩人了,我要去的地方是万凤山庄。"

果然不出我们所料,万凤是万凤山庄的人。

难道万凤山庄给丫鬟下人们起名字,要有这么强的提示性?

次日巳时,船已行至岸边,我们该下船了。船老大一边一脸讨好地把马给我们牵上岸,一边左顾右盼,想瞧瞧接我们的人。

"不必看了,这趟辛苦你了,还有劳你救了这位姐姐。这是谢谢你的,就当我们交个朋友,日后有缘再会,告辞。"妹妹说着,将另一锭银子给了船老大。

"小人不敢提和大侠做朋友，今生能得见行侠仗义之事，已是三生有幸，望几位多多保重！"

"哥，接下来我们要怎么走？"

"万凤姑娘身子不便，让她和我同乘一匹马吧。至于路线，听万凤姑娘指示便是。"

妹妹横了我一眼，表情稍带不屑，说道："万凤姐姐，你可愿意和我哥同乘一匹马？我哥虽然不是坏人，但也是个男人，这男女授受不亲……"

"死丫头，你胡说什么呢？好，那让万凤姑娘和你同乘一匹马好了。"

听妹妹一说，我和万凤的脸上都是一红。万凤赶紧道："我怎样都好，悉听令兄妹安排……"

"好啦，不逗你们了，她还是和你乘一匹马吧。万一路上马惊了，我可没有这么大力气能护住她。"

路上走了一日，万凤都是靠在我的怀里，虽然我们没有怎么说话，但是她软软的身子和散发的体香，让我有些心绪荡漾，这感觉还真是好奇怪。妹妹一路上总是时不时地盯着我，我竟被她瞧得有些窘迫。

晚间进了一个小镇，我们投宿在一家客栈，我让妹妹和万凤睡在一间房里。用过晚饭后，待万凤睡下，妹妹便出房来找我。

"今天美人在怀的感觉如何呀？是不是很喜欢？"

"什，什么很喜欢，你胡说什么呢？"被她突然一问，我更加地窘迫不安。

"是胡说吗？你从小到大都没有跟我急过，今天竟然为了她都叫我死丫头了，看来男人就是靠不住，喜新厌旧……"妹妹的脸突然一红，接着道，"看你一路上美的，她贴在你身上，你都舍不得把她放下了吧？我哪敢坏了你的好事，索性连话都不敢讲了。"

"你还胡说，没有的事情！她，她是全身没有力气，难道把她捆在马上吗？我哪会跟你急，只是你当时那么说，让我和万凤姑娘多难为情。咱们明明是帮助人家，弄得跟要占人家便宜似的。还什么喜新厌旧，那我问你，谁是新，谁是旧呀？"

妹妹突然被我问得窘迫了，随即转口说道："好啦，不扯了。哥，咱们说点正事。"

"对，从昨夜到跟万凤一路同行，咱们俩都没有时间好好合计一下，我看这个万凤姑娘没这么简单。送书信这种事情，万凤山庄的家主为什么要两个丫鬟去办？一路上很多凶险，她们看上去又不会武功，出了状况很容易把事情耽搁了呀！"

"你说得对，这是其中的一个疑点。万凤山庄应该有的是可以跑马送信的人，六甲的火德堂只是其中一个分管而已，就已有不少弟兄。再有她们的名字也不对劲，她和她的姐妹都姓万，除非万凤山庄的家主姓万，一般大户人家给下人起名字是会习惯用上主人的姓氏，但那也是给管家一类能办事的心腹下人取用的，而且基本都是男仆，丫鬟很少有用主人姓氏的。即便如此，就算给丫鬟取名姓万，但是'凤'这个字岂是能随便用的？又岂会用在丫鬟身上？再退一步说，同是丫鬟，万凤的姐妹叫万鹊，'鹊'和'凤'岂不是有天壤之别，'鹊'更像是'凤'的丫鬟吧？如果万凤真的隐瞒了身份，那她就不是什么丫鬟，万鹊不是为了姐妹拼命，而是忠心护主了。刚刚万凤躺在床上还在偷偷地抹眼泪，不知是不是为了万鹊难过。再有，万凤山庄的家主就算有很多药，会为了一个中了迷烟的丫鬟费心尽力救治吗？除非他们的关系没有这么简单！"

"你把我说糊涂了，让我捋捋。如果万凤和万鹊是主仆的关系，那么女主人姓万，丫鬟也姓万，这倒也说得通。至于她的家主会为她费心尽力治病解毒，除非她是家主的内眷妻妾，或是心腹可用之人，可要是这种关系，应该让她在家里贴身伺候，又怎么会让她出来抛头露面？这点我想不通……"

"有没有一种可能，万凤是山庄家主的……那更不该让她出来犯险呀，除非……"

"除非什么？"

"没事，除非我能再次预见到什么。"

"那下一步我们该如何？现在是不去山庄不行了，我们总不能把她扔在山庄附近吧，这样倒显得我们有鬼祟，想秘密打探消息是不可能了。"

"事已至此，我们不必再秘密打探了，大大方方去山庄便可。即便出现什么状况，我们毕竟救过山庄两个人，想来对方不至于太为难我们。明天的路上，我们再伺机打探一下万凤的口风。有了今日和你的'肌肤之亲'，想必她对你已再无戒心，说不定已经芳心暗许与你了，你艳福不浅哦。"

"你还胡说！看我不收拾你！"

"瞧，你又为了她跟我急了吧？"

"……"

夜里躺在床上，我思索着妹妹说的话。想到今天和万凤一起乘马，她柔弱无骨的身子、绵绵淡淡的体香，虽说谈不上肌肤之亲，但这种让我心思飘忽的感觉我也从来没有过，难道这就是心动吗？

从小到大除了妹妹之外，我几乎没有接触过其他年轻的女孩子。多年以来，和妹妹一起长大，形成的那种互相依赖、难舍难分的情感，在我看来那理应是兄妹之情，并且只能是兄妹之情。妹妹越长大越漂亮可人了，也一直让我无暇去想其他的女孩子应该是什么模样。直到我得知了妹妹和我没有血缘关系，这种可以不再是兄妹之情的感情让我心生几分期许，也有些许的不安。如果妹妹以后和我在一起，那我会是怎么样呢？如果妹妹以后嫁给了别人，我又该如何呢？得知真相后，妹妹倒是表现得很明显，似乎多年压在心头上的石头突然落地似的。爹都看出来了，妹妹喜欢我，可我和妹妹可以一下子从兄妹之情变成男女之情吗？对于男女之情，我更是糊里糊涂搞不清楚。爹娘也从未与我们谈及过此事，只是任由我们自然地待在一起。难道这一切也是爹有意安排的吗？如果不是和妹妹一直待在一起，我会不会喜欢上别的女孩子呢？那到底我对她是因为喜欢还是依赖呢？我想不明白，不知道妹妹是不是也这样，更不知妹妹以后会不会喜欢别人。我是她唯一的选择吗？她是我唯一的选择吗？妹妹说我以后肯定还会有很多其他的女孩子，那她又要怎么办呢？

唉，好烦……

"该吃早饭了。你们昨晚睡得好吗？"我把早饭拿进了妹妹的房间，和妹妹一起将万凤姑娘扶到了桌边。

"多谢公子，我们睡得很好。"万凤低着头答道。

"不要公子公子的叫了，如蒙不弃，叫我兄弟便了。对了，你身体怎么样？力气恢复些了吗？"

"嗯，感觉好一些了，多谢……一兄。"

"看我哥多关心你，待会儿吃了饭把你送回去，估计以后就很难见面了。唉，可能我哥会难过得睡不着喽！"妹妹在旁边打趣道。

"别胡说，快吃你的饭，不要冒犯了万凤姑娘。"

"一兄，既然我不叫你公子，那你也别姑娘长姑娘短的，叫我凤妹妹吧。"

"好吧，凤妹妹，小心热汤烫口。"

话一出口，我也有些难为情。我没敢看妹妹的脸，估计她瞪着的眼睛都要喷出火来。哼，让你拿我打趣，气气你！

距离万凤山庄还有半日的路程，想来午后便可到了，我明显觉得万凤的气力可以支撑自己坐得直一些了，但她还是向后依偎在我身上，我也不好说什么，只是昨天的那种感觉又回来了。从刚刚叫了她凤妹妹之后，这感觉似乎更强烈了些。

"一哥哥，你们把我送到之后，要去哪里？"

万凤这一个称呼，让我和妹妹同时打了一个激灵。我好想找个地缝钻进去，妹妹却在一旁死盯着她。

"啊？这……我们……你……"

"恕妹妹冒昧了，我想着你既然是双妹的哥哥，说不定以后还是一家人，跟着她这样叫你更亲近一些，你不会生气吧？"

"啊，不……不会……什么？"我有些语无伦次了。

"我才没有这么叫过他……什么就一家人啊，真不害臊……"妹妹小声地嘟囔了一句，眼睛还是死盯着她。

"我们是出来寻亲的，送你回家之后，我们便要赶路了。"

"可知道亲人的住处？"万凤问道。

"这……还不知道。"

妹妹赶紧接了句："虽然不知道，但是应该很快就能找到了，就不劳姐姐费心了。"

万凤继续道："既是如此，那不妨在山庄暂住几日可好？一来我要好好感谢你们的相救之恩，二来山庄有很多打探的好手，可以帮你们去找些消息。"

听她说到这儿，我怕妹妹火气未消，硬要回绝，便赶紧回头给妹妹递了个眼色。妹妹很默契地冷静了下来，知道这是套她话的好机会。

"既然姐姐说可以派人帮我们找人，那倒也是不错，只是怕我们到山庄上叨扰，恐姐姐有不便之处。"

"妹妹说哪里话，何来的不便？"

"姐姐说自己是山庄家主的丫鬟，就算姐姐办事得力，在家主面前得宠，可是带着两个陌生人到山庄落脚，姐姐还可做的了这个主吗？万一你家主不准，再斥责了姐姐，岂不是让姐姐为难？我看还是……"

"妹妹无须担心，家主待我是很好的，我若说你们是我的朋友，对我有救命之恩，家主见到你们必会万分欣喜。"

"对了，姐姐说山庄有很多得力的好手，那为何家主会

　　　　　　　　　　　　料事如神

派你和鹊姐姐两个小女子去送书信，岂不是太冒险了？这书信想必很重要吧，家主不怕你们路上有失吗？”

“此事本来不方便对外人讲，但如今你们于我已不是外人了。妹妹说得不错，这书信很重要，但具体是什么内容，我们不得而知，家主的事情我们是不敢过问的。山庄虽有很多好手，但眼下家主怀疑庄里有别人派来的奸细。家主心腹之人虽不少，但让家主绝对放心的却只有几人而已。前不久，少庄主也派了最信任的心腹出门去办事，想来庄里最近会有大事发生。无奈家主说此书信事关重大，不敢轻易派人去送，恐有泄漏，无奈家主和少庄主要留在庄里不便出门，一时竟不知要如何。那时少庄主并没有要派我们出去，是我向少庄主请命的。一来我是个丫鬟，身份并不惹眼，说出门去采办东西也不会有人注意。二来家主是信任我的，我说书信在人在，若是书信有失，我必不活着回来。家主担心我一人过于危险，便让与我最好的姐妹同去相互照应，所以这才……只可惜了我那万鹊妹妹，连尸骨都无存了。”

万凤说着又要掉泪。她的回答倒是没有纰漏之处，我和妹妹又悄悄对了下眼神，妹妹轻轻地眨了下眼睛。

“姐姐不要太难过了，万鹊姐姐一直在保佑着你呢。既然姐姐说家主待你甚好，又十分信任你，难道姐姐你是家主的房内女眷？”

妹妹说完，只见万凤脸上出现难掩娇羞的红晕，她自己也觉得问得太直接，有些羞赧，我只装作没有听到。

"妹妹别瞎猜，我和家主可不是……一切等到了山庄自然就知晓了。"

第四章　跌宕风波

万凤山庄果然名不虚传，光是大门就看得出山庄的风采和豪阔，这可让我和妹妹长了回见识。周围绿林环绕，大门的正南方有一湾碧绿的湖水。爹的堪舆书上有载：背山面水，前低后高，负阴抱阳，如此聚气的宝地，如风水不破，必世代出贵人英豪。

万凤起初没有带我们走正门，而是去了西侧的小门，想来是不想引人注意。我们扶着她叫开门后，只见迎出来了两个小厮和两个小丫鬟。那四人见到万凤，刚要行礼，便被万凤急忙止住了。

"忘了我是谁啦？快去通报家主，说凤丫头回来了。我身体不适，你们两人扶我进去。"

虽然万凤的掩饰没有躲过我和妹妹的眼睛，但是那四个下人却是心领神会。

"啊，是，你快进去通报，你们两人快扶凤……凤姑娘进去，家主等着呢。"那两个小丫鬟赶紧过来搀扶，那个小厮即便是配合，终究也没敢喊出"凤丫头"三个字。

我和妹妹跟在后面，刚要往里进，万凤却回过头来，冲我们轻微地摆了下手。

"一哥哥，双妹妹，烦请你们去正门相候。"说完，万凤便冲我们点了一下头，和那个小厮低头吩咐了几句，随即往里面去了。

我和妹妹一头雾水，便停下脚步对望了一眼，觉得甚是尴尬。妹妹对我耳语道："哥，要不咱们走吧，她连门都不让咱进，又非让咱们去正门干什么，她是不是又怕和家主不好交代了，撵咱们呢？咱们送她回来也算仁至义尽了，反正我也不想再瞧见她，不如……"

"这……好吧，咱们走。"

我和妹妹方待转身离去，那开门的小厮赶紧跑了过来。

"二位请留步，还请二位随我到正门等候片刻。"那小厮倒是十分恭敬。

"为什么要去正门？这里不能进去吗？"妹妹问道。

"这里是下人进出的地方，凤姑娘刚刚交代，你们是贵客，须走正门的。"

我和妹妹面面相觑，这山庄竟有这么多的规矩，随便哪个门有什么打紧，能进出不就完了吗？

"这位小哥，凤姑娘到底是什么人？你们对她如此恭敬，她的身份应该不一般吧？"

"这……小的不敢妄言。待会儿两位贵客进去便知。"

在山庄正门等了有三炷香的时辰，我和妹妹靠在一块大石上又困又饿，都要睡着了。那小厮却一直站在旁边，也不说话，就像是看着我们似的。

大门终于有人出来了，看似一个管家模样的人，穿着却是显得不俗。那人快步走到我们跟前，躬身作了一个很大的揖，我和妹妹赶忙站起身来。

"二位贵客久候了，敝庄上下真是失礼得很，还望二位贵客见谅。家主已在大堂恭候，请二位贵客移步随我来，请，请！"

大门内，两侧规整地立着数十位武士。他们统统呈抱拳作揖状，对着我和妹妹异口同声地喊道："恭迎两位贵客！"

我和妹妹方才就奇怪我们怎么就成了贵客了，这阵仗着实吓了我们一跳，也不知是有什么古怪。妹妹用眼神告诉我"既来之，则安之"。

山庄内的景象也是非比寻常，我和妹妹还真没有见过如此壮观宏伟的场面。真是碧沉沉琉璃造就，明晃晃宝鼎妆成，殿台楼阁、雕梁画栋，好一派人间仙境。不知转过了几个弯，走过了几个回廊，上了多少级台阶，才到了传说中的待客大堂。要不是有人引着，大概是会迷路的。

管家领我们进到大堂，正中间站着一位中年长者，衣着华丽，面色红润，须髯尺长，神采奕奕，只是鬓发有些斑白。两边茶桌座椅的后面，拱手站着两排武士，又是一句"恭迎两位贵客"。

随后那长者一边向前迈了两步，一边拱手道："恕敝庄待客不周，怠慢了二位，还望海涵。"

管家在旁边说道："二位，这位便是敝庄的家主，万凤山庄梁庄主！"

妹妹瞧了我一眼，我立即领会，我俩同时抱拳拱手道："见过梁庄主！"

"哈哈，好，好！果然是英雄出少年！你就是张大一小兄弟吧，旁边这位便是令妹双双姑娘了。二位不必多礼，快请坐！来人，给二位贵客上茶！"

应该是万凤姑娘向庄主提了我们的名字。管家见我们站着不动，便笑着引我们二人到西边的茶桌。

"来，二位快请坐，不然家主就要站着陪你们叙话了。"

待我和妹妹落座之后，梁庄主才在供桌前的八仙桌东侧的太师椅坐下。

"这位是我的管家梁云山，你们叫他梁管家就好。吩咐下去，准备上好的酒宴，我要款待两位贵客。你们也都退下吧，我要与二位少侠叙话。"

"是，家主！"梁管家和武士们都退了出去。

"敢问梁庄主，不知我兄妹二人如何就成了……您的贵客？"

"哈哈哈，怎么不是？少侠和令妹是不是在太澄湖上救了一位女子？”

“您说的是万凤姑娘？”

“不错，正是！你们可知道她是谁？”

“万凤姑娘说她自己是万凤山庄家主，也就是您的贴身丫鬟，想必是您最得意的侍婢了。”

“哈哈哈，她哪里是什么丫鬟侍婢，她是老夫最心疼的小女儿，梁万凤小少主！你们救了她的性命，又保住了她的清白，难道不是老夫的恩人贵客？！”

我和妹妹并没有很吃惊，不知道妹妹之前有没有猜到万凤小少主的身份，但如我们所料，她的身份果然不一般，但我们还是表现出颇感意外的样子。

“这……不可能吧？若真是庄主的女儿，庄主何以为了一封书信让万凤……小少主去冒险呢？”我伺机打探道。

“嗯，万凤这孩子已经和你们说了，看来她十分信任你们。唉，若不是逼不得已，老夫怎么舍得让她去这一遭？你们也不必称呼她什么少主不少主，那都是叫给外人听的，据她说已和你们以兄妹相称。如此甚好，哈哈。只是不知关于那封书信，万凤那丫头和你们说了多少……”

“庄主不必多虑，我兄妹二人本就是出门寻亲，不欲沾惹外事。虽然阅历尚浅，但江湖规矩还是懂的。万凤姑娘没有过多地提及，我们也没有多问，所以并不清楚书信的内容，庄主请放心！”我淡淡地说道。

"二位贤侄，如不嫌弃，老夫便称二位为贤侄吧，哈哈哈。二位贤侄不要误会，此事是敝山庄的机密大事，若泄漏恐或有大祸事。老夫身为一庄之主，不得不谨慎行事，让二位贤侄见笑了。哈哈哈。"

梁庄主不免有些老谋深算、笑里藏刀了，但他说的也无不是之处。

"万凤姐姐的身体怎样了？她中的迷药可解了吗？"妹妹转移了话题。

"有劳双双姑娘惦记，小女所中的'软骨酥'，原本就是下三滥使的手段，打家劫舍、祸害良家妇女的玩意儿。我山庄向来对此类毒药嗤之以鼻，解这种药性更是简单至极。小女已服了解药，现下已无大碍了。倒是二位贤侄不畏险难，救小女脱虎口，着实令老夫感激，佩服！大一贤侄一表人才，小女更是对大一贤侄赞不绝口啊，哈哈哈。"

这话弯儿拐的，我差点儿从椅子上掉下来，妹妹也惊呆了。

"去，传小少主过来相见。"梁庄主吩咐了身边的丫鬟。

不久外面传来了环佩叮当的声音，人还未见到，一股沁人心脾的香气就已经传到了我的鼻子里。妹妹打了个喷嚏。

万凤薄施粉黛，穿着一身雪白的衣裙，肩上系着绛红色的披肩，走路轻轻盈盈，衣袂随之绵绵摆动，宛如一位降临凡间的仙子。虽然我已和她同行了两日，觉得万凤的相貌不在妹妹之下，但她此番模样，更胜之前。这还是我们第一次见她走路的样子，未想竟把我看得有些痴迷了。

只见她向我们微微一福："见过一哥哥，见过双妹妹。"

妹妹见我一动不动出了神，连忙悄悄地拉了一下我的手。

"凤妹……姑娘，你身体没事了吧？"

"叫什么姑娘嘛，人家是你的凤妹妹。我已经好啦！我爹有这么多灵药，刚吃下去我就能站起来了。你们刚才是不是怪我让你们在大门口等着了？都到这里了，我才不要让你们再看到我走路都需要人扶的丑样子。我把事情的经过告诉了爹，让他赶快安排迎接你们的事，我呢，自然要美美地梳洗打扮一番了。一哥哥，你瞧我现在好不好看呀？说起来，有时候身体不听使唤也挺好的呢。嘻嘻。"

我心里知道她说的是身体动不了时，坐马上依偎在我怀里的事。只是没想到，一个柔弱害羞的姑娘，怎么一下子像变了一个人，突然就热情活泼了起来。不对，这么说来，她一路上没有对我们讲过什么实话呀。

"这……好……好看。"我结结巴巴地回道。

妹妹突然一下蹿到我的面前。

"凤姐姐，为什么一路上你对我们说你只是个丫鬟？还有你明明姓梁，还让我们以为你姓万！还有那个死去的万鹊姐姐……"

"好妹妹，你不要生气嘛，我不是要故意隐瞒的。一来我路上刚刚遇险，心中不免要小心提防。二来我想把你们带到山庄，给你们个惊喜，好好报答你们。至于万鹊，她是从小伺候我到大的贴身丫鬟，我与她情同姐妹，却不想她为了我身遭不测，我也十分难过呢。我已让爹好好地去抚恤她的家人，还要给她设灵堂受香火呢。"

这时梁管家来报："家主，酒宴已备好。"

"好，好。凤儿，不要在这里聊了，你的一哥哥双妹妹肯定都饿了，咱们去边吃边说吧。云山，去把凤儿叫到膳堂作陪，我要给二位贤侄引荐引荐。"

想我们在家里和客栈吃饭哪有什么讲究，在路边破庙餐风饮露就更不用说了，不想这膳堂光是字画就挂满了墙面，边上的木架子上更是摆放了很多奇珍异宝。

梁管家安排我们分宾主落座，妹妹坐在我的对面，万凤坐在我的右手边，这时从外面走进来两个人。

"凤儿，快来，这是救你妹妹的两位恩人，张大一贤侄和张双双侄女，快过来见礼！"梁庄主说完，我和妹妹赶紧站起身来。

"在下梁万凤，二位恩人救下舍妹性命，在下不胜感激。"梁万凤微一抱拳，淡淡地说道。

我和妹妹还没有来得及客套，梁万凤后面的那个人突然发出了声音。

"是你，是你们！一兄，二妹，你们还是来山庄了！太好了！"

"是甲兄！"我和妹妹同时说道。

"六甲，这是怎么回事？你们认识？"梁庄主问道，梁万风也转头看向他。

"回家主，前日我在为大少主办事的路上遭遇偷袭，险些丢了性命。后来我遇到一兄和二妹，还牵走了他们的马，不想又遇到了偷袭我的人，是一兄出手救了我。大少主，这就是我和您提到过救了我性命的好兄弟。"

"是甲兄见我被人欺负，才不肯自己走，与那歹人周旋的。甲兄，你的伤可好些了？"妹妹说完，梁万风便一直盯着妹妹瞧，直瞧得我心里有种不舒服的感觉，像是有人要从我这里抢走宝贝似的。

"原来是这样！好，好，快坐，都坐下。果然都是少年英豪！风儿，待会儿你要替爹好好地敬一贤侄几杯。六甲，你也要陪着你的恩人多喝几杯才是。"

"是，爹。"梁万风道。

"是，家主。"六甲道。

"爹，我才是要和一哥哥多喝几杯的人呢，你们可不许把他灌醉哦。"

"哟，我的凤儿长大了，胳膊肘要向外拐了，哈哈哈哈。"

"爹，你说什么呢？"万凤低了下头，终于又有了害羞的模样。

"庄主，我不太会喝酒。"见妹妹瞪着我，我赶忙说道。

"哎，贤侄，侠客义士哪有不会饮酒的？来来来，大家举杯，为我山庄的两位恩人接风洗尘！"

饮酒的感觉很奇妙。酒能壮厌人胆，酒能消万古愁，酒能让英雄豪迈，酒能使美人销魂。微醉下自己能够不再是自己，欲醺中看不到清醒的人。

我醉了，这是我第一次醉，但是我怕的不是自己醉，而是担心着妹妹。梁万风与我倒是没碰几次杯，反而让妹妹不情愿地多喝了几杯。见到妹妹脸上已有了红晕，我心中十分着急，这里的底细还不清楚，我和妹妹至少要有一人保持清醒。梁万风一直盯着妹妹瞧，似乎对妹妹没怀什么好意。

"少庄主，舍妹向来是滴酒不沾的，这下恐喝坏了她的身子。她已不能再饮，还请庄主见谅！若是还有想与舍妹干杯的，在下虽不胜酒力，但也会奉陪到底！"

"一兄说的是哪里话，令妹一瞧便是女中豪杰，区区几杯酒算得了什么，我还要与令妹再干几杯！"梁万风仍不肯罢休。

六甲见状不对，便说道："大少主，还是莫要再和二妹喝了吧，这样恐有失仪。"

"滚蛋，什么时候轮到你来教训我了？什么二妹三妹，双姑娘是你也配叫的吗？我偏要再与姑娘喝几杯，谁敢拦我？"梁万风根本没把我和六甲放在眼里，说着还要过去搂住妹妹。

我心下一怒，刚要起身，梁庄主喝道："放肆！风儿，成何体统！对姑娘如何能如此不敬，莫让人道你没有家教，累及你爹的声名！还不给我坐回去！"

万凤醉眼蒙眬地接话道："哎哟，爹，哥高兴就让他喝嘛，双妹妹又不是外人，咱们都在这儿，哥还能对她怎么样吗？—哥哥，你说是吧？咱们再喝一杯。"

"凤儿，住口！这样哪里还像个姑娘家！你已经醉了！来人，送凤儿回房！风儿，你也回房去！六甲留下！"梁庄主再次呵斥道。

被怒气一激，我的酒醒了一半，随即站起身来。

"梁庄主，多谢您的盛情款待，天色已晚，我和舍妹不便久留，这就告辞了。"我说完，妹妹也站起身来。

"贤侄说哪里话！老夫这两个不争气的儿女让贤侄多心了！贤侄可千万莫怪！"

"对嘛！—哥哥，你们不要走，在这里住下吧，多住些日子嘛！爹，我好不容易把他们请来，你可不能让他们走呀！"万凤撒娇道。

"凤儿！"梁庄主喝止了万凤，随后，"贤侄，你们是我山庄的恩人，若有可能，老夫希望二位可以一直留在山庄。

如是勉强，也要多住几日才好，聊表老夫的寸心。万不可就这么去了，这让老夫如何做人！风儿，风儿，就因你二人失态，让一贤侄怪罪了，还不快道歉赔罪！"

"一兄，双姑娘，在下方才酒后失仪，还请多多包涵！"梁万风道。

"一哥哥，对不起嘛，你们不要走好不好，求你了！"

梁万风能屈能伸，让我怀疑他是真心想道歉，还是另有所图。万凤舍不得我走倒像是真的。

"梁庄主，这……可是……怕还是多有不便吧？"我看了眼梁万风。

"好啦，贤侄不必操心。云山，准备两间上好的厢房，带二位贤侄去休息！"

"那恭敬不如从命，多谢梁庄主！"我说道。

"不！准备一间厢房就好，我和我哥从来没有分开房间睡过！"

妹妹说完，梁庄主、梁万风、万凤、六甲一脸的错愕。

梁管家带我们到了一间雅致的所在，种满奇花异草的小院中间，立着一棵花开正盛的海棠树，厢房的牌匾上刻着"御棠轩"三个字，倒是别有一番意境。

"一公子，双姑娘，请二位早些歇息，院子偏房里有伺候的下人，有什么需要直接吩咐他们就好。在下告退了。"梁管家转身前，还意味深长地看了我和妹妹一眼。

房间里还算宽敞，客堂中间是一张八仙桌，后面靠墙的是一张罗汉榻，左边的耳房是一间卧房，右边则是一间书房。

妹妹红着脸坐在桌子旁，用手撑着自己的额头，我赶紧倒了杯热茶给她。

"不是说不能喝酒吗？还敢在陌生人面前喝这么多杯！梁万风那小子一看就对你不怀好意，万一咱们遭了暗算，你要是……让哥还怎么活！"我担心道。

"哎哟！没看出来，哥你这么关心我呢？我也想知道，你是真的怕我吃了亏，还是你心里在嫉妒有人勾引你妹妹？哎哟！这酒后劲真大，我头还挺晕……"妹妹娇嗔道。

"你！又胡说，晕死你算了。"

"我不喝行吗？你看今天这顿饭的架势，那老庄主一看就不是省油的灯。我们是救了他的女儿，可是他也太过于热情了。毕竟我们搞不清他的目的，还是要防范着点。他这又是拉亲戚，又是摆美人计的，我怕他们要灌死你，那会儿真有什么状况，你让我怎么办？万一你酒后吐真言，说了什么不该说的……我只好委屈自己，借着你护着我，咱们好赶紧结束这顿饭。你不也喝了不少酒吗？有美人在怀陪着，是不是千杯都不会醉呀？嘻嘻。"

"什么美人计？什么美人在怀？她只是坐在我旁边而已。我没想喝，是她非要……"

"你紧张什么呀？你是不是喜欢她？她那么美，又主动和你亲近，哪个男人能抗拒得了，你一定是喜欢她了对不对？你刚刚连万凤的名字都不提了，直接说的'她'，都这么亲近了吗？"

"啊？没，没有的事，你别瞎想！咳咳。你要是醒酒了，咱们说点正事！"

"说就说呗。"

"首先，那个梁万凤不得不防。此人自打一看见你，眼睛就没从你身上离开过，久在此地恐有是非纠缠，所以我才向梁庄主提出咱们要离开。查线索的事情，咱们不在这里也可以办。"

"所以我为什么只要了一间房，就是怕他半夜闯进来呀。你就是嫉妒吃醋了，还不好意思承认呢，哥，你还挺可爱的。"

"你醒醒酒再说话！这个梁万凤的人品着实不咋样，六甲是他的亲信之人，为他跑腿卖命，没想到他竟为了轻薄你，对六甲说话如此不留情面。他酒后失态，还是当着他爹的面，如果他爹也是道貌岸然，那可真是'上梁不正下梁歪了'。"

"要说'上梁不正下梁歪'，你的凤妹妹你怎么不提？第一次与你喝酒，都恨不得马上和你进洞房了，不也是当着她爹的面？"妹妹歪坐着坏笑。

"好妹妹，你正经一点儿！其次，这个梁庄主我有些看不透。六甲之前说得倒是不错，说庄主喜欢英雄豪杰，但是今天关于我们的来历，我们出来干什么，他却统统都没有问及。他把我们留在这里究竟是想干什么？"

"动动你的脑瓜好好想想。今天我们是他的恩人，他把至亲叫出来陪咱们吃饭，是尽了应有的礼数。既然说今天是给咱们接风，又对咱们表示感激，他又怎么会问其他的事情？既怕咱们不便回答，伤了面子，又显得他多疑，没有风度。好歹今天先彼此熟悉一下再说。至于留咱们在这里，一来是想多招待咱们些时日，以尽地主之谊；二来嘛，怕是想把你留下做他的女婿也说不定呢。"

"……那咱们明天是要如何？走还是不走呢？"

"有凤姑娘在，你舍得走吗？明天的事明天再说吧。哥，我困了，你进屋来陪我睡吧。"

"去去去，快自己去睡，我就在这榻上给你盯梢，看谁能闯进来！"

"好吧好吧，你也早点儿睡。对了，咱们的事情，明天梁庄主会问的。"

"你又……"

妹妹转身进了卧房。

次日一早，下人们就端来了洗脸水和漱口茶，我和妹妹刚洗漱完毕，在桌前坐下，梁管家就送了早饭过来。

"二位睡得可好？在这里住得还习惯吗？"梁管家下意识地往卧房瞟了一眼。

估计他是先来替庄主探口风的，我怕他误会，赶紧说道："她我不知道，我觉得这榻睡着还蛮舒服的，也没有什么不习惯的。"

"那就好，那就好。"梁管家笑了一下，"二位用罢了早膳，还请去书房与家主一叙。"

几道简单精致的小菜，香气四溢的桂花粥，让我和妹妹都觉得胃口大开，没想到早饭也可以这般爽口。

庄主的书房可以说是古朴典雅。摆放的瓶瓶罐罐和书画字帖我没有什么兴趣，倒是这满屋子的书卷古籍着实令人开眼，可比爹的藏书多太多了。

"一贤侄也喜欢读书吗？那倒十分简单了。云山，以后一贤侄可随意进出老夫的书房，想看什么书就让他去看。"在我们被各种古籍吸引的时候，梁庄主突然走了进来。

"是，家主！一公子，这可真是造化，要知道家主的书房是从不许别人进的，就连大少主和小少主都很少能进得来呢。"梁管家道。

"啊？这样啊，那我更不能……"

"无妨，老夫既说了你可以，你便可以。"

"那就多谢庄主美意了。"我客气道，心想我可不再来了，免得惹上什么麻烦都说不清。

"云山，去泡几杯好茶来，我要与二位贤侄聊聊家常。"

"是，家主！"

不一会儿，梁管家送了茶来，便主动关上门退了出去。

"一贤侄，双侄女，老夫先为昨晚我那两个不争气的孩儿酒后失仪向你们表示歉意，还望你们见谅。"

"庄主言重了！万凤兄和万凤妹也是性情中人！"看他仍如此称呼我们，难道六甲并没有和他提起我们告诉过六甲的名字？

"好，一贤侄果然是侠义胸怀，好得很！"

妹妹一直在旁边静静的，不说话，像是有意在观察他。

"虽说英雄不问出处，但你们与敝庄有了如此深的渊源，救了敝山庄两条性命，老夫还是想冒昧问一下二位贤侄家住何处，令尊令堂身体可还康健，老夫当择日登门拜会才是。"梁庄主开门见山地问道。

果然被妹妹说中了。

"有劳庄主挂心了。我们是西边大山脚下的农户，家父家母常年在家耕种，身体也算硬朗。穷乡僻壤的，怎敢劳庄主大驾！"

"那二位贤侄此次出门是为了……"

"家父曾提起多年前有一位失散的叔父，并且带着一个女儿，不知他们现在哪里，是否还活着。如今家父年事已高，日夜思念着叔父和我那堂妹，盼望他们兄弟可以再团聚。我和舍妹已长大成人，便提出要帮家父寻到我那叔父和堂妹，带他们回去见家父。"

"贤侄果然是个孝子，百善孝为先，贤侄有这份心思，日后前途不可限量。好！好啊！"

"庄主谬赞了，我就是个乡野小子，哪来的前途不前途。"

"那可不好说，人得机遇便可登天，只要得贵人相助，娃娃都能做皇帝。贤侄不可妄自菲薄，说不定老夫这山庄日后就是贤侄的前途哪！哈哈哈。"

妹妹的眼珠子又瞪了起来，虽然极快地掩饰了，但还是被庄主瞧见了。

"老夫见双侄女与一贤侄长得并不太像，恕老夫妄言，你们可是亲兄妹？"

我们是不是亲兄妹与他何干？他这么一问，又是在替谁打探消息？

"是，也……"我下意识地道。

"不是"两个字我还没有说出口，妹妹就赶紧拦住了话头。

"庄主真是多虑了，我和哥哥这般亲近，从小未曾分开过，连睡觉都在一间房里，不是兄妹，难道是夫妻？"妹妹和他打了个机锋，没有承认也没有否认，只是脸上一红，倒是让梁庄主没法再往下问。

"是老夫冒失了，还请双侄女不要见怪才是！你们的叔父寻到了吗？可有他们的线索？"

"家父只是说当年失散时，叔父极有可能去向东边琅琊山方向，但具体在哪里却不知道，并没有什么线索。"

"那这可是大海里捞针了！你们可有令叔父的画像？"

我和妹妹同时摇了摇头。

"可惜了，可惜！想我万风山庄，虽然说不上只手遮天，但与一些豪门望族相比，人脉还是极广的，手下也是分布江湖四处，要找个人其实不难！眼下难的却是没有一点儿方向！对了，不知令叔父如何称呼？"

"这个倒听家父说过，叔父叫张大官，堂妹的闺名叫影儿。乡野之人哪有什么正经名字，都是图个吉利，讨个好彩头而已。"

"有名字就好办一些了。我万风山庄设有五堂，分别是聚风堂、鼍雷堂、擎雨堂、火德堂和土飚堂。鼍雷堂负责打探情报，堂主就是管家梁云山；擎雨堂是打理山庄和各地财政的，堂主是老夫的夫人，哈哈；火德堂是消息传递和连接各地方分属的枢纽，堂主就是六甲；土飚堂就负责山庄和各地的建筑工事和机关消息，由老夫直接统管；至于这聚风堂嘛，管理着我山庄所有的武士，由风儿那小子管辖。五堂相互配合得当，才使得我山庄在江湖上颇有威名。像打探令叔父消息的事，派鼍雷堂和火德堂去办就可以了。"

听到这儿，我估计妹妹和我想的一样。首先，万凤没有接管山庄事宜，应该是庄主不想让她整日抛头露面，怕姑娘情开，万一被哪个小子迷住，坏了山庄的大事。其次，梁管家是他贴身之人，应该也是最信任之人，把情报打探的工作交给梁管家最为合适。财政大权交给他夫人自不必说。六甲是他一手培养起来的，又是跟着梁万凤做事，自然也不会差。再则，他把所有武士交给了他儿子，这样权力的核心在将来也自然就落到了梁万凤手里。然而，梁庄主老奸巨猾，恐他儿子将来为了夺权会对他不利，自己掌控了所有势力范围的土建和机关，倒是给自己提前留了后路。只是不知道，如此重要的内部信息，为何要告与我们知道？

"庄主，您把山庄机密说与我们兄妹，恐怕有所不妥……"我赶快说道。

"贤侄多虑了，我这书房既然由得你来，这些又算什么机密？"

我正不知要说些什么，妹妹突然问道："庄主，您的山庄叫万凤山庄，是用大少主的名字取的吗？可是您这么大的家业，不应该是先有山庄，后有大少主吗？"

"哈哈哈，不错！贤侄女果然聪慧！我这山庄原来叫聚风山庄，取聚啸风林之意。万凤山庄是我得了风儿之后才改的名，算是给那小子留下的基业吧。后来我又把原来的骤风堂，改成了现今的聚风堂，算是老夫创建山庄的一点儿念想。看来，贤侄女对我家风儿有些关注啊，哈哈哈。"

"那万凤姐姐的名字为何又与大少主如此相近，怕是容易被人搞混了吧？"妹妹没有接他的话茬，而用称呼万凤为姐姐、称呼梁万风为大少主，来表示不愿与之亲近。

妹妹的态度梁庄主又岂会不知？他随后道："这个说来就话长了，将来等咱们更亲近了，老夫再告诉你们这个原因。"

"云山，叫风儿和凤儿去演武堂等候！"庄主突然向门外喊道。

"庄主，您这是……"我问道。

"贤侄，昨晚听六甲说，是你在路上救了他，还是从一个武功高手的刀下救的。六甲在我身边调教多年，功夫是不差的，却不是那人的对手，想来贤侄的武艺更是不俗。贤侄用的功夫，六甲说不曾见过，不知道贤侄是师承何人？"

"庄主过奖了，我哪有什么师承，就是天天在地里干活儿，有点儿空闲了就对着苞米高粱瞎比画而已。"我敷衍了一下。

"那这么说贤侄是自学成才，了不起啊，老夫更要开开眼界了，不知贤侄可否赏脸？"

话说到这份儿上，我还能怎么推辞？但是又怕露了功夫给他瞧出来历，暴露了爹就不好了，心想等下随便糊弄几下算了。

到了演武堂，我才知道今天恐怕是有点儿犯难了，这阵势就不像随便几下就能摆平的。两边站满了武士不说，除了庄主夫人没来，另外几位堂主都坐在靠北墙的中间，妹妹也坐在万凤的旁边。妹妹倒是没什么表情，似乎对我很是放心，只见万凤是一脸的兴奋。

"你们都听着，这位一少侠是老夫的恩人贤侄，是救了火德堂堂主和小少主的人，身手是一等一的了得。待会儿你们向一少侠虚心讨教，把你们的看家本事都拿出来。但有一点，留力不留手，要点到为止，莫要误伤了一少侠。你们打输了是自然的事，老夫不会怪罪。倘若有谁能胜了少侠一招半式，也算是没辱没山庄的威名，老夫便将他提升为分舵的舵主。"

我心中一凛，这个老家伙到底什么意思？一边让他们留力不留手，找这么多高手来战，无非是想逼我使出看家本事；一边说莫要伤了我，却又要为了山庄的威名，奖励胜了我的人。对手要是想胜，又怎么会保证留力不伤我？我还是小心为好，实在比不过认输便是，我又不嫌丢人。

"这些都是我山庄的得力干将，一贤侄你赐教他们几招，还请一贤侄手下留情！"

我："……"

先上来的是一个彪形大汉，身长九尺有余，看似一身的蛮力，和他角力我肯定不如，倒看他动作是否灵活，我再做打算。这大汉一上来便是"虎步前扑"，双手使了一招"肋下擒抓"，若被他拿住，就动弹不得。我一个闪身，来到他侧面，使了一招"背拳反抽"打他的颈下。那大汉一个回身，用粗壮的右臂一挡便将我弹开。他又使了几招猛扑、猛打、摔跤、擒拿的手法，但如我所料，这大汉速度不够快。我只是闪避，在想要不要使一成的截节劲，只让他的手暂时不能动了便好，也不会将他致残。可是出手力量伴随着速度，若力量减小，速度势必会慢，如不能出其不意，我也没有把握抓住他的手臂。然而我突然发现，这家伙的动作虽刚猛，但总是把后背的空门露出，这倒让我有了主意。我接连在他力出一半的时候诱他转身，若力不能直透到底而中途停止，会非常伤人的气血。果然没有几回合，这大汉的呼吸渐渐变乱。在他一个力气不接的时候，我看准时机，绊住他的右脚，从背后将他一下推倒，大汉随即栽在了演武堂的柱子边上。

"好！"

"好！"

妹妹和万凤异口同声，随即又同时低下了头。

那大汉又要起身上前，被梁庄主喝住了："住手吧，你不是少侠的对手，但已做得很好了，下去休息吧。"那大汉只得退下站在一边。梁庄主指着另一个中等身材的武士说

料事如神

道：“你来试试。”

这武士虽然没有刚才的大汉彪悍，但是一股阴柔之气很是明显。只见他从背后取出两把铁尺。擅用铁尺这种兵刃的人并不多见，主要的攻防方式是点穴和拦架，用得好可轻易夺人手中兵器。这铁尺武士见我手中没有拿兵刃，便将自己左手的一只铁尺向我随手一抛，方位和力道恰到好处，与其说是我伸手接住，莫不如说是尺柄正落在我的手中。我心中暗道：“好功夫！”但实际上我对这兵器着实陌生，兵器不趁手，有还不如没有；但如果不使，倒显得看不起对手，失了敬意。我还没有想好要如何摆架势，那武士已用一招“温侯挑帘”刺了过来，疾速中瞄准的是我的中脘穴。这穴位一旦被点中，这场就直接结束了，我能不能再站起来都不一定。我用铁尺向外一挡，同时以双脚为轴原地旋转，上身向后仰倒的同时做了一个外侧回转，但身体正面始终对着对手。这一招“莲花摇曳”是爹传给我的绝妙身法。

这武士见我巧妙地躲开，嘴角闪过一丝微笑，一刺不中随即又使出一招“醉汉挑灯”。他亦是双脚落地为桩，明明向前俯冲的身体，突然向后仰去，铁尺自他肋下到头侧凭空刺出，出手正到了我刚转身停住的方位，奔向了我的气海穴。我一个“大圣拜桃”，双膝跪地，身体顺势后仰，左手肘撑住地面，右手反手用尺柄击向他的手腕。这武士反应也很快，立即将手腕一翻，将铁尺向下打向我的曲池穴。

我见他此时兵器来势比我的长，后发而先至，便翻腕将铁尺横向一转，格挡了一下。他却在此时将身体翻过，趁着他在高我在低，一个向下俯探之势，用铁尺两侧的短刃插住了我的铁尺，手腕一抖，我手中兵刃就要被他缴去。我急忙用一招"兔子蹬鹰"，借腰力向下一蓄势，双脚向上蹬出。我料想他的身法如此诡谲，我若踢他不中，还得丢了兵器，兵器若离手，我便是输了，索性用一招"绞首杀"。他料我会踢向他的胸腹，却不想我双腿一个开合已夹住他肩臂，双手同时搭在他的手腕处，略一用力，便将两把铁尺都夺了过来。他还要伸手来夺，我却顺势将两把兵器抛向了远处，同时架住了他的进招。

"兵器既已被人夺去，还不认输，你要空手与一少侠斗吗？"梁庄主发话道。

"是，家主，属下不才。"这武士已收力起身退下。

"一贤侄果然好本领，哈哈哈。"梁庄主说着，向站在靠大门的一个矮小身材的武士递了个眼色。

"在下不才，向一少侠领教，请出门赐招。"那矮小武士略一拱手，便转身出去了。

我转头看向了梁庄主，只见他点了下头，并没有起身的意思。

我跟了出去，才知道为什么要在外面比武——原来这矮小武士用的是暗器，怕误伤到屋里的人。只见他右手指上捏着一柄飞刀，但全身上下再看不出还有其他暗器，难道要与我一刀定胜负？这一刀我若是被击中了要害，还能活命吗？

突然，院中刮起一阵风，随风飘起了一些树叶，一群鸟儿受惊般迅速飞散。那矮武士突然出手，却不是向我，而是双手接连对着半空中挥舞了五下手臂。我还未看明白他的动作，就见六只鸟儿落在地上，翅膀上分别被飞刀钉上了一片树叶，但鸟儿没有一只被杀死，他的手指上仍然捏着那一柄飞刀。

这还了得？我赶紧打起退堂鼓，心里还在奇怪他从哪里掏出这么多的飞刀。手上的飞刀还是刚才那把吗？那这把刚才他出手时被藏到哪儿去了？

"好功夫，这场不比也罢，在下佩服！"

"在下献丑了，一少侠不必过谦，也不必多虑，在下绝不伤害一少侠性命便是。"

"可是……我不会暗器，多半也躲不开你的飞刀，就此罢手吧。"

"莫非一少侠信不过在下？放心，我只出这一刀，绝不出第二刀。只要一少侠未受伤，便算你胜。"

我寻思既然他说不伤我性命，想来不会食言，顶多是身上哪里被扎了一下，养几天也就好了，随即把心思放宽了些。我看到边上的兵器架子上面挂着一副马鞭，走过去取在手中，正好瞥见了妹妹站在大门里面扶着门框看向我，另一边的门框边站着万凤。我用眼神告诉她们不必担心，我已有了主意。

暗器的杀伤性和成功率排名绝对是靠前的，之所以称之"暗"，就是出手时出其不意，攻其无备，且攻击距离较远，叫人防不胜防。其实暗器在之前是正经的交手兵刃，用的人也是光明正大，只不过后来多数人使用它做偷袭、暗算、刺杀之事，更有甚者还在暗器上面煨毒，这才让暗器慢慢变得见不得人了，用暗器行凶的人也会被人们所不齿。但是今天这位高手却摆明要用暗器，且只用一次，显然是对自己的出手非常有自信。当然，我比他更希望他要有自信。

我开始寻找位置摆好防守势，不能太远也不能太近。远了会让暗器的速度略慢下来，还会给人家一种要逃跑的感觉；近了暗器速度会很快，想躲开确实不易。于是我走在了一个我觉得远近正好的位置停住，右手横马鞭于身前，等待着他发刀。

"阁下请出手。"

"好。"

我全神贯注，在看清他向前扬手的一瞬间，脚下的弓步自然地向后撤了一步，紧接着将手里的马鞭甩了开去，拼命在身前舞成延绵不断的圆圈。我根本无暇顾及他这一刀会飞向我身体的哪个位置，既然说了不会伤我性命，那必定不是头部和颈部，也不会是心脏和裆部。我想只要护住中路即可，胳膊和腿上挨一刀也不妨事。

但愿我猜对了。

就在刀光逼近的时候，我感到鞭梢碰到了刀身。我运起爹教授的截节劲中的一招"卸于无形，加倍还之"的心法，便用鞭梢顺势带起了飞刀，随着我的挥动，使刀势改变了前进的方向。我感觉完全控制住飞刀之后，猛然一个"仙子转身"，使鞭子随着我的身形转了几圈，突然向前甩出，将飞刀以刚才来时加倍的速度送回。这一出手我心惊不已，恐没有准头控制不了方向，误伤了对方以及站在门口的妹妹和万凤。

"能避开并接住我飞刀的，当世不超过三人；能将我飞刀接住并打回的，一少侠是头一个，我服了！"

那矮武士说着抱拳拱手，被我打回的飞刀钉在了地上，幸好没有伤到他。

"承让承让，在下是万万接不住阁下的飞刀的，更莫要说打回。方才只是一时侥幸，瞎猫碰上了死耗子而已。何况阁下本就没有取我性命之意，所以在下并没有赢，阁下更未曾输……"

"胜了就是胜了，少侠谦虚什么，难道在下输不起吗！"那矮武士喝道，拔下鞋边的飞刀转身离去。

"是在下失礼了，还望……"我赶忙对着他的背影说道，但声音已追不上他。

"哈哈哈，好，好！不愧是英雄出少年！"梁庄主已从堂中走了出来。

"一哥哥，你好厉害，若是那天那两个劫持我的歹人没有逃走，非被你收拾惨了不可。"万凤激动地说道。

"哥，你没受伤吧？"妹妹瞟了万凤一眼。

"今天再次让我得见一兄的神技，实在是佩服。没想到一兄对各门武艺这般精通，兄弟我这个一堂之主，实在是惭愧！"六甲谦虚地说道。

"甲兄过奖了，兄弟哪里懂各家所长，不过是临时应对而已，已然是手忙脚乱了，若不是几位前辈让招，我怕是撑不下后面几个回合。"

"一贤侄太过谦了，老夫果然没有看错。云山，去准备酒席，我要与一贤侄再畅饮一番。"梁庄主眼中闪过一道精光，随即而逝。

"是，家主。"梁管家刚要转身离去，梁万凤突然说道："且慢！我来与一兄切磋几招如何？"

"凤儿胡闹！你哪里会是一贤侄的对手？不要给老夫丢了脸面！待会儿陪着一贤侄好好喝几杯便是，若再像昨晚那般无礼待人，休怪老夫对你用家法！"

梁万凤要和我比武，难道是要在妹妹面前逞威风炫技？我既不知他武功深浅，又不知该以何种方式应对，胜败于

料事如神

我都说过不去。想来他这个少主必定是得了庄主的家传，他出手也是代表了庄主的功夫，我们在他山庄之中，又不好轻易吃罪，这可怎么办？我快速地看了眼妹妹，只见她对我轻轻地摇了摇头。

"庄主，我是万不敢与大少主动手的，大少主的功夫必定是得天独厚，我又怎是对手……"我赶紧推辞道。

"一兄何故这般瞧不起人！你连败我山庄三名高手，难道是欺我山庄无人？我既是山庄的少主，又是聚风堂的堂主，如何也要为我山庄找回颜面！就算我爹不计较，我也要为了山庄的名声负责！不必多言，请下场吧！"梁万风咄咄逼人。

"庄主这……还是……"

"一贤侄得罪了！风儿这孩子真是让我给宠坏了，缺乏管教，你莫要见怪！也罢，既然他不知道天高地厚，非要与贤侄较技，那就请贤侄给他点教训吧，还请贤侄再次点到为止，手下留情。"

梁庄主竟然同意了。这一切莫不是他们提前安排好的？

"就是呀一哥哥，教训教训我哥，省得他天天觉得自己天下无敌，我就看不惯他那成天作威作福的样子。"万凤火上浇油。

只见梁万风眼里都快喷出火来，此人日后恐怕是非常难缠了。我再瞧妹妹，她却又轻轻地点了点头，想必是希望梁万风日后对我们可以忌惮一些。

我与梁万风直接在堂外的阔庭中分立。他没有拿武器，估计是要与我拼拳脚。梁庄主他们都站在大堂门前。现在想想，他们已看了我三场比武，才默许梁万风向我请战，这是要摸清我的虚实再出手，果然好深的心机。

梁万风起初站立不动，我也未动，又不是我想比武，且等他进招再看。突然又是一阵风吹过，我站在下风口，正好有两片树叶飘过，遮在我的眼前。梁万风一个"隼落前冲"，疾速向我奔来，以身体压低进攻下三路的方式闪电出手，用"鹰爪抓"攻击我的裆部。真不要脸！

我反应过来，眼见下面不好防，用一招"鲤鱼龙跃"的身法，向前斜跳起来。为防止他在我落地之前回身攻击，我一边头朝下垂直坠落，一边出手防备。谁知他早已转身，竟然停了一个节奏，在我双手支撑落地之时，突然使出"落叶扫腿"，踢向我的双臂和头脸。我双手接触地面瞬间，快速一撑，同时一个躬腰缩腿蓄势，双腿一招"兔脚弹蹬"攻向他的面门。他一个横向侧翻后退，接着一个"倒挂金钟"前后踢腿翻起落地。

我并没有追击，只在想这梁万风功夫果然不弱，想不被别人看出地和他打个平手十分不易。其实我都没有想到，之前几乎没有与人较量过，今日对战时，身体却能自然地做出应战反应，难道是我有武学天赋而自己从来不知道？还是说我从小便琢磨了很多武学招式，但却在爹传我内劲心法之后才能发挥用出？

梁万风在我略一出神之际，又疾速近身，使出一招"双峰贯耳"，双掌向我两耳左右拍来。他这招大开大合，躲开实属不难，让我头带着身体向后掠了一步。没想到这竟是他的虚招，他双手一个画圆转向外侧，变式为"鹤庚连环脚"，向我腹、胸、头连踢三脚，简直是狠毒！幸好我双手挡在身前，忙用"铁臂勾栏"挡住他这三脚，随后便觉得手臂略微发麻。方才我要是用错了招，低头躲避或用两手分别格挡，怕是已被他踢成重伤。他这是用了全力与我相拼啊！果然梁庄主刚才只是嘱咐了我要点到为止，梁万风这小子下手可没留情！

"大少主武功胜我十倍，在下认输，还请住手！"看到他又贴身过来，我连忙喊道。

"别假惺惺了，这才哪儿到哪儿，我正在兴头上，谁许你认输！"他并没有停手。

我急忙几个闪身避开，跳到远处，并连忙向梁庄主喊道："庄主，在下可否认输？"

"风儿且住！既然一贤侄有意让你，不要再纠缠了！收拾下去用膳吧。"

我："……"

梁庄主这老家伙是怎么回事？这是让他住手还是激他恼

火来杀我？

"我偏不！"梁万风答道。随后不知从哪里传来了一声利刃出鞘的龙吟，梁万风已执剑在手。

紧接着，"雨落式"的剑光纷纷向我点来，我没有招架之力，只能不停地后退闪躲。"哧"的一声，我胸前的衣服已被划开条口子。

"一哥哥！哥，你快住手！"万凤焦急地喊道。

"哥！接住！"妹妹突然喊道。

只见我那盘龙棍旋转着向我飞来，不知妹妹今日竟把它带在了身上。

我右手接住棍，转身一个"回首望月"扫向梁万风的剑光。"当"的一声，两器相交，棍子震退了他的剑尖，我俩各退后了一步。

"好，果然是深藏不露！我倒是小觑了你！看招！"

梁万风说完又是一招"平雁落剑"，我一招"流星赶月"接"左右逢源"将他挡住，随后一招"翻江倒海"攻入他的剑光之中，打向他的手腕。他将剑向上一提，用"毒蜂甩尾"斜向上刺出三剑。我一招"龙飞凤舞"挡住前两剑，在他第三剑刺出手未收招之前，用一个"灵猫跳步"进到他身侧，接着一个"白蛇吐芯"再次点他手腕，只望将他手中剑击落。

梁万风见势不好，一个"移花接木"急忙将右手中的剑

　　　　　　　　　　　　　　　　料事如神

抛至左手接住，右手避开我的攻击同时抓住我未收回的右手腕，紧接着左手的剑便向我右臂砍来。这招太过突然，若这一剑落下，我的右臂可就废了。情急之下，我运起截节劲刚要发力，欲使他疼痛彻骨，减缓他的攻势，我便可得以挣脱，没想到妹妹突然大喊一声："哥！"

我随即明白，若使用截节劲废了梁万风的手臂，不但暴露了爹的身份，我们也很难走出山庄了。

我索性用出了五成的卸力心法，向梁万风身后撤步的同时将他一拖一带，他那剑便砍不下来了。接着我左手接棍，用一招"横扫千军"击向他的后脑。他低头闪避，恐我棍势回转再扫他头，立刻放开我的手腕，用剑来格挡。我见是个好时机，随即回手一个"披星戴月"，用棍子铁链锁住了他的剑锋，两手执棍将链子下压至他的剑镡，叫他再无抽剑之机。他想再用右掌击我，被我用左肘抵住，只剩下角力。

"风儿，一贤侄，你们两人打平手了，收力吧！"梁庄主沉声道。

"是，庄主。"我见机赶快收棍退后。

"风儿，你已给山庄挣够了面子，足以显示威风了。"

梁万风还欲动手，听见梁庄主如此发话，便只好收剑不动。

"一哥哥，你没事吧？哼！要不是一哥哥用的是棍子，不如你的剑锋利……"万风还要出言刺激。

"凤姐姐！家兄的本事就这么多了，再打下去，恐怕我就要为家兄收尸了！我饿了，咱们去吃饭吧，好吗？"妹妹赶紧拦住了话头。

"对，对！既然贤侄女饿了，咱们快去用膳吧。云山，准备妥当了没？"梁庄主也劝道。

"家主，都已准备好了。"梁管家早已吩咐完毕。

"哼！凤儿，你还知道谁是你的兄长？几天不见，你却成了人家的好妹子！爹，我还要去堂中处理事务，先告退了！"梁万凤转身离去。

"来，一贤侄，老夫敬你，没有伤了凤儿。"梁庄主端杯道。

"庄主说哪里话，我可不是大少主的对手，还多谢庄主及时叫停。"我客气道。

"贤侄不必谦虚，方才贤侄女喊你时，想必你有什么绝招要使，但又怕伤了凤儿，竟冒着被断手臂的危险变了招，你当老夫瞧不出来？"

果然是个好眼力的老狐狸，一切都被他看透了。

"庄主，刚才我看到我哥的手要被砍掉了，一时担心他才……"妹妹接口道。

"哈哈，好，既然贤侄不愿透露家学，老夫也不勉强，先干了这杯吧。"

整顿饭的时间，我们都是在和梁庄主聊些互相吹捧、无

　　　　　　　　　　　　　　　料事如神

关痛痒的话题。他终究也没有过多询问我的武功来历，想来是怕打草惊蛇，让我和妹妹再起离去之念。

饭后，梁庄主有要事处理，我们便回到了御棠轩。

"你今天到底有没有担心我？"我问妹妹。

"说完全没有是假的，但是我知道你不会有事，只是没想到梁万风那小子竟对你下杀手。"

"你说是不是梁庄主授意他做的？可是为什么呢？我们毕竟救了他女儿！"

"这事不难想！他本来就对我们的身份有怀疑，加上你今天在演武堂的表现，以及我们和他说的事情，他大概不会信了。万风山庄的高手连一个普通的乡下小子都敌不过，你觉得他会怎么想？这一切都是他在试探！"

"试探我们对山庄有没有威胁？"

"试探我们是敌是友！他的虚情假意掩盖不住他的多疑。他一边用万风姑娘对你的好感来表示亲近你，一边又叫你随便进书房来表示信任你，然而却叫山庄的几名高手和你比武，探过你深浅之后又让他们认输。其实你想胜他几名高手并不容易，他只是想让你觉得万风山庄的武功不过如此，待你有了轻敌之心之后，再派梁万风对你下杀手，测出你的真正实力，以此判断咱们到底是谁的人，到山庄来有何目的！"

"可是如果不是救了万风，咱们也不会来啊。救了六甲那会儿我们都没有要来。"

"这就很奇怪了，咱们一直没有机会和六甲单独见面询问。六甲是火德堂的堂主，还负责情报转送，那天你救了他，他回到山庄必不会隐瞒此事。庄主要派人调查我们是轻而易举的，可是我们到了山庄，庄主却好像对我们并不了解。或许他认为我们本来就是在跟踪万凤，好找机会进入山庄，那救她的事正是赶巧，没准儿他还会以为是我们安排的万凤遇险再出手相救呢。"

"虽然听上去我们有些多心了，但是梁庄主那老家伙，确实能轻易将咱们推入火坑！"

"他说山庄里最近正发生大事，连万凤不会武功都要亲自出去送信。这时我们突然来到这儿，他若弄不明白我们的身份，怎会安心地让我们住在这里？估计书房都是试探我们的陷阱。他测你武功，就是想着万一我们是他的敌人，他怎样才能顺利将我们除掉！"

"那他为什么不下毒杀我们，或者让我们走也行啊！"

"这就是因为你的凤妹妹了。倘若梁庄主猜错了，我们真的是来寻亲的，碰巧救了万凤，而万凤又倾心于你，他山庄正在用人之际，为什么不拉拢你为他效力？一旦你真成了他的女婿，他只用一个女儿，就可以把本该让他儿子赴死的事情交给你去办了。所以他在搞清楚之前，不会轻易下毒杀我们，当然，也不会放我们走，因为我们已然蹚了这浑水，他又把山庄的机要都说给你了，你若不是自己人，他便会下杀手了。"

"那我们接下来该怎么办？"

"接下来看你的意思呗。你可以做他的女婿呀，庄主都说了，这山庄就是你的前程嘛。"

"我还没说梁万风那小子对你意图不轨呢！"

"他意图不轨是他的事！我又没有在意他！倒是你和万凤不是两情相悦？"

"你！正经点！"

"接下来他肯定会派人查访我们口中的叔叔和堂妹，一旦查不到，就知道我们在说谎了。"

"那到时候要怎么办？"

"先不急，你觉得六甲这个人靠得住吗？"

"难不成你对六甲……"

"说什么呢？我的意思是，整个山庄到目前只有六甲给人的感觉是最正派的，会知恩图报。若是庄主派人打探消息，也必是由六甲回报，那么我们能不能藏得住身份，就看六甲是不是仗义了。"

"他会为了我们隐瞒庄主和梁万风？"

"不知道！但是你看梁万风昨晚话语间可没有把六甲当回事，这还是从小一起长大的交情，一般人谁心里会痛快？若他们之间已有了嫌隙，六甲替我们隐瞒也不是没有可能，毕竟我们救过他。我们还可以通过六甲打探公主的下落，当务之急，没有比借助山庄的情报能力更快的办法了。若实在行不通，我们再想脱身之法。"

正在我们休息间，六甲来找我们了。

"一兄，二妹，你们可好？上午大少主对一兄……我可真是捏了把汗。"六甲道。

"甲兄，我们也没弄明白为何如此。"

"不瞒一兄，我开门见山了。家主应该是怀疑你们的来历，今早已吩咐下去，探访你们的叔叔和堂妹，估计就是找到了，也会把他们留在手里作为挟制你们的工具。若以山庄的实力找不到这两人，你们兄妹可就凶多吉少了，就算……就算……"六甲说着瞧向妹妹。

"就算大少主对我有心意也没用，我们还是要死，对吗？"妹妹接口道。

"不光是二妹，连小少主对一兄有意也没用。但是你们放心，我六甲的命是你们救的，今生认定了你们做朋友，就绝不会出卖你们。但是我也希望你们不要与山庄为敌，毕竟这里是把我养大的地方，家主又对我……"六甲低声道。

"甲兄，你也放心，为了你，我们绝不与山庄为敌，不会教你犯难。我们知道你不会出卖我们，到现在你都没把我们告诉你的名字说与他们，还是叫我们一兄和二妹。"

————————— 料事如神

"是，我知道你们必有难言之隐，行走江湖不用真名可以理解，想必你们和家主说的名字也是假的。我没有对家主提起，对大少主也是一带而过，就是怕家主会派人去查你们，万一给你们惹了麻烦，那我岂不是成了罪人！"

"甲兄果然思虑周全，重情重义！没错，我们的名字是假的，还请甲兄见谅！时机到了，我们会和甲兄讲明，绝不再隐瞒！"

"真名假名倒是无妨，我六甲没有这么矫情，我重视的是与你们的情谊。我现在来找你们，就是想说我不是给庄主来探口风的，是我自己想问你们到底是不是在找人，是的话又是在找谁。不管能不能找到，若家主问及，我也好替你们回护。"

"甲兄，我想先问一件事。"

"二妹请讲。"

"庄主接下来要怎么对待我们？继续让我们住在这里，每天吃吃喝喝？"

"不瞒你们，此事我也不知道。看今天如此凶险，我并不希望你们再待在这里，可是如今你们想走怕是很难，即便出得了山庄，又怎么逃得开追踪？而且大少主和小少主对你们……"

"甲兄，我再问一事，你与那梁万风现下的关系如何？"

"昨晚你们看到了。大少主小时候待我亲如兄弟，庄主对我也是栽培有加。后来长大了，我被派到火德堂做了堂主，虽然还是跟着大少主做事，但大少主可能对我和他同是堂主的平等身份有了芥蒂。大少主在掌控了武士的力量之后，为人愈发狂傲，全然不把其他人放在眼里，对待姑娘自然也是风流得很。直到有一次，庄主喝醉了酒，对大少主说小少主长大了，将来嫁给谁他都不放心，就觉得六甲这小子从小知根知底的还不错，似乎有意将小少主许配给我……"六甲说到这儿，看了我一眼，"但是我知道自己是谁，有几斤几两，不敢心存妄想，可是大少主却十分在意。他恐怕是担心若庄主真的将小少主嫁给我，这山庄，我便有了一半的实权，这是他不能接受的。从那之后，我和大少主的关系就慢慢成了这样。"

"甲兄不必在意！万凤若能嫁给甲兄是她的福气。我与万凤只是萍水相逢，亦没有心存想法。我担心的是梁万凤对舍妹打坏主意，毕竟是在他的山庄，我们防不胜防啊！"

"这点一兄尽可放心，有我在，也会护卫二妹周全，绝不会让二妹出事的。"六甲坚定地看向妹妹。

听他说完，我感到一丝凉意，莫非六甲对妹妹也有了情意？

"多谢甲兄！甲兄待我们如兄弟知己，我们有何不可与甲兄道出实情？只盼甲兄一人得知后，莫要道与他人。"妹妹说道。

"放心！一定！"

"我与家兄出来确实为了寻找一个人，我们要找的是个女孩儿。她的名字我们不知道，只知道她的年龄比我长三岁，那女孩儿应该与家兄长得很像，其实，她正是家兄的亲妹妹。"

六甲瞪大了眼睛道："那你……"

"我和家兄并不是亲兄妹，这事我们也是前阵子刚知道的。各中原委说来太复杂，日后再与甲兄详说，我们现在就是要找到她，让她与家兄团聚。现在我们只知道，那女孩儿在东边方向，有可能是在此处附近，也可能是在很远的地方。此事还劳甲兄尽快探得，我们好做其他的打算。"

"我……明白了！我这就找人画一兄的画像，正好可以借着打探你们的'叔叔'和'堂妹'，另派一批心腹去查。我走了，你们好好休息。"

六甲走时还不忘看了妹妹和卧房一眼，心中好像有所思，也有些失落。

"六甲可能是喜欢上你了，我能感觉出来！他知道咱俩不是亲兄妹，却一直住在一间房里，心里肯定很难过，刚刚走时还特意看了一下卧房呢。"

"唉，他又哪里知道我的心思？是我要求和你住在一起的，他昨天明明有听到，现在又知道了我们不是亲兄妹，心里应该能明白吧。"

"明白什么呀？希望他不要因为此事，坏了咱们的大事才好。"

"他不会的。他现在应该是想立刻帮我们找到人才对，这样你欠了他一个大人情，他才会有底气向你开口问我的事情。唉！开口了又有什么用？"

"你倒是很明白他的心思！你真的对他没有想法？不过话说回来，你和他长得倒是有几分相似，这不就是传说中的夫妻相吗？"

"相你个死人头！又找打是吧？"妹妹娇嗔道。

申时，梁管家过来说，庄主晚上有事见客，就不叫我们吃饭了，待会儿会让人把晚膳给我们送过来。

"这样正好，既不用看见梁万风那张奸邪的嘴脸，也不用小心梁庄主的伪善，咱们吃自己的，吃完之后……"我对妹妹说道。

"也不想看见你凤妹妹的绝世娇容？呵呵呵，快说吧，吃完之后……"妹妹打趣道。

"你别添乱了。吃完之后，咱们悄悄在山庄四处走走，去打探一下地形，万一逃跑的时候……"

"万一给人家撞见了，我们要怎么说？吃完饭没事出来散步？"妹妹问道。

"交给六甲吧。万一被人撞见了，我们就说想和六甲叙叙闲话，看能不能把轻薄万凤、逼死万鹊的两名凶徒给抓

　　　　　　　　　　　　　　　　　　　料事如神

到，为她们报仇出口恶气。那个蒙面人也是六甲的仇人，这样合情合理。"我回答道。

"顺便说我们没有找到六甲却迷路了，然后庄主把六甲叫过来问话，六甲也必会替我们遮掩。"

"不错！"

戌时，空中挂着弯月，周围已逐渐安静下来，我和妹妹出了御棠轩。

万风山庄的地形简直太复杂，我们一边兜兜转转，一边还要避人耳目。好在除了必要的地方有些守卫，仆人们都吃喝完待在自己的寝舍，只有庄内的几队武士在巡夜，我们要避开也不难。

"一定要把记号都做好，不然我们找不到回去的路。"我悄悄地对妹妹说。

"幸好我之前有看过爹的那本《记号录》，书中记载用特殊的香木树叶配上麟粉，可在夜晚发出微弱光芒的同时还有一种很难识别到的气味，用它做记号再好不过了。"妹妹小声回应道。

"若是他们有狗呢？有气味岂不是暴露了？"

"若是咱们进庄时听见过狗叫，我就不用这个方子了。"

大约半个时辰之后，我们躲在一处假山的角落里，将刚刚走过的路线盘算了一下，大概弄清了山庄基本的布局。山庄有四个地方的守卫是比较多的，一是庄主的书房，二是庄主的卧房，三应该是庄主的私库，最后是一间锁了门的院子。梁万风和万凤的卧房倒是没有什么守卫。

　　"现在时辰还早，你要是不困，我们再去两个地方。"我对妹妹道。

　　"你要去探探梁万风他们兄妹的住处？"

　　"说对了。"

第五章　危机四伏

万凤的卧房在庄后的内院中，我和妹妹找到时，万凤似乎刚从外面回来。这么晚了她会去哪儿？

"小少主，你回来了。"说话的应该是万凤的另一个丫头。

"鹂儿，我今晚出去的事，你和雁儿不许对别人讲。"万凤交代道。

"是，小少主。恕奴婢多嘴，可见到了要见的人？"

我和妹妹一对眼神，她是去见人了，我们却不知她见的是谁，万凤果然有秘密。

"唉，别提了，连个影子都没见到。我爹还在会客吗？"

"是，家主吩咐道，客人未离开之前，我们下人都不得擅自出院，连有事禀报也不允许，要等梁管家过来告知客人走了才行。

"不知爹这次会见的又是哪路英雄，搞得庄里上下如此严谨。"

"奴婢下午和雁儿去采鲜果时，路过待客大堂的廊子，听见门口的武士说什么京城来的就是不一样，骑的马装饰都很华丽……我们想，英雄都是出自天南海北，既是京城来的，想必不是江湖中人吧。"鹏儿说道。

"看来是与那封信有关……你们的鹊姐姐就是因此丧命的。你们一定要管好自己的嘴，有事只可与我说道，不要让你们的鹊姐姐白死了。"

"鹊姐姐从小便与我们在一起，待我们如亲妹妹一样，小少主待我们更是恩重如山，我们也会像鹊姐姐一样，为小少主赴汤蹈火。"鹏儿和雁儿跪下附声道。

"起来吧，我素知你们的忠心，可惜我却不知道他的心思……"

"小少主，你是说……"

"好了，你们去休息吧。"

鹏儿和雁儿出房后，万凤独自坐在窗前叹了一口气。

"唉，真是造化弄人。从小爹就和我说，我的身份非同寻常，以后不可将我嫁与一般的世俗子弟。多少人上门求亲都被爹拒绝了，也不让我接手山庄的事宜，怕我与寻常的男子接触。我已长大了，也想有自己的情郎，六甲那家伙虽然从小对我很是照顾，但毕竟身份上是不匹配的，爹为何总是说六甲很好，有意将我许给他？唉，父母之命不可违，我虽不十分喜欢，但若真是六甲，我也就认命了，可偏偏你又出现了，让我该怎么办才好？爹……会同意吗？"

看到万凤熄了灯，我和妹妹从她的院中退了出去。

"哥，她说的出现的情郎，不会就是你吧？"妹妹打量我道。

"女孩儿的心思我哪懂，她……我……算了。"我有点儿心绪不宁。

"哼，你就是喜欢她。她比我好看这么多，又对你一见钟情……"妹妹有些失落。

"等下，难道她刚才去御棠轩了？我们偏偏没在，这要是传出去……"我担心道。

"不会传出去的，她连自己出去这事都要保密，何况……她不会出卖你的。"

"希望如此吧，咱们去梁万风那里一趟，然后赶快回去。"

"去是去，但是不着急回去。"听妹妹这么说，我没有太明白她的意思。

为了躲避梁万风堂前的武士，我和妹妹是从后院悄悄翻进去的。他屋里的灯还亮着，看来也还没有睡。

"哼，张双双这个小贱丫头，本少主看上她是她的造化。她哥哥虽然不好对付，但是在我的地盘他能怎样？本少主阅女无数，今晚算她运气好，不然让她知道本少主的厉害！事成之后，还怕她不从？若是不依我，我便将他哥哥杀了！今天和那小子打了个平手，本少主心中的气还未消！"梁万风嗔怒道。

170　　　　　　　　　　　　　　　　　　　　料事如神

"大少主，你这是要……万不可做出不合时宜之事，恐家主会责怪。现有来客在此，若是闹大了，会伤了山庄的声誉。"六甲回道。

"住口！六甲，你要和我作对吗？少拿我爹来压我，我这个聚风堂堂主是白当的吗？本少主看上的女人，哪个能逃得了？不过那小子救你一次，你倒是能和他套个近乎，盘问下他的武功来历和师承，看看有没有什么破绽，必要时给他们下药也可以。你若帮本少主做成了此事，我必不亏待你。"

"大少主，这……恐怕……属下知道了。"六甲勉强道。

"好了，这里没你的事了，退下吧。"

"是。"

"回来，我爹今天见的什么人？"

"这……属下不知详情，家主也没有透露，但好像听说是京城来的特使，要与家主密谈。鼍雷堂那边也没有送出消息，梁管家倒是与家主一起会的客。"

"我知道了，你出去吧。"

看来梁万风今晚也出去了，似乎要对我和妹妹不利，他果然如此下作。

"哥，我有点儿害怕了，梁万风要使卑鄙的手段对我用强。六甲好像不敢逆了他的意思，要是六甲帮他的话，那咱们……"妹妹小声道。

"放心，六甲不会的，他刚才应该只是敷衍梁万凤而已。现下我们赶快回去，看看御棠轩今晚到底如何。"我虽如此说，但是心里还是没底。

"我方才说了，不着急回去，咱们还有事要做！"妹妹再次说起。

"你还要去哪儿？现在梁万凤如果知道我们晚上不在御棠轩，派人寻查，正落了把柄给他。六甲跟他在一起，我们不能再用六甲推当借口了。只要我们在有人来寻的时候待在御棠轩，我们就可以否认出去过。"我着急道。

"放心，梁万凤也不会说出去我们不在的。庄主若问起他为什么会知道我们不在，或是为什么会去御棠轩，从他白天和你交手之后的情形来看，他总不会夜里去与你修好讲和吧？何况他若是去做坏事的，闹将起来庄主又岂会在来客面前纵容他，失了山庄的体面？但此事是个祸患，若不作处理，日后被翻出来还是会惹庄主怀疑。"妹妹低声道。

"所以现在……"

"所以现在我们要暴露一下行踪。"妹妹眨眨眼。

妹妹带着我快速往御棠轩走去，就在快到院门附近时，看见了一队巡逻的武士。

"哥，白天我们看到的那些杜鹃花在哪里呀？还有那香香的百合花，我要采几朵放在房里才睡得着。"妹妹大声

　　　　　　　　　　　　　　　　料事如神

说道。

巡夜的武士果然很快就跑过来喝道："什么人？半夜在此作甚？"

"哟，你们来得正好。我们在找开好的杜鹃花和百合花，闻不到花香我是睡不着的，我明明白天看见就在附近的，转了半天也没找到，你们知道哪里有吗？"妹妹对着武士说道。

"啊，是啊，舍妹的这些毛病是我给惯出来的，非要夜里拉着我出来找花，惊扰到武士大哥们了，还望指点一二。"我赶紧附和妹妹道。

领头的那位武士说道："是你们二位贵客啊！一少侠白天精湛的武艺已传遍了山庄，我们兄弟都佩服不已，但现下二位还是先请回房吧。山庄夜里有规矩，不许人随意走动，请二位不要让兄弟们为难。姑娘若是喜欢花，待我们禀报家主，明日送与姑娘便了，不劳你们亲自去摘。二位请！"

"好，那就有劳兄弟们了，我与舍妹冒昧了。咱们回去吧。"

我和妹妹进到院门后，见旁边下人的屋舍都熄了灯，便轻轻地走到屋门口。

妹妹突然低声道："哥，你看这是什么？"

只见房间大门外面的地上，有一根细细的竹管，我捡起来，拉着妹妹进了屋。

点上灯之后，我们去瞧那竹管，竹管的一头里面有些许粉末和燃烧的痕迹。我们出了房间，在窗子上寻找，果然发现有一个不起眼的小洞。我们又去了旁边下人的屋舍外，在窗户上找到了同样的小洞。我们试探着叫下人们来送茶水，但是没有人回应。

"果然没错，这是迷香，应该是梁万风那个混账干的。哥，好险啊！"妹妹心有余悸。

"这个无耻的淫徒，他真敢！"我怒道。

"刚听到他和六甲说的话，怕是以后的饭菜我们也要谨慎了。"妹妹说道。

"谨慎是要谨慎，但是六甲应该不会……我们仔细就是了。"

"庄主今晚不听禀报，刚才的武士可能会去禀报梁万风，等下他应该还会再来，咱们提前做好准备。"妹妹忽然说道。

"刚刚不是说他不敢声张咱们不在这儿的吗？这下倒让他有了理由了。若是他带人来盘查……"

"他不会带人来的！我知道你担心什么。就算武士向他禀报了在御棠轩外碰到咱们，那也不能证明咱们是什么时候出去的。何况咱们的理由没问题，又是在院子附近，这些只是做给庄主看的罢了，还怕他回头举报我们吗？武士禀报给庄主的时候就是给我们作证了。他梁万风仍不敢说出他来过，更不会仗着知道咱们不在的时间带人来盘问，因为他的知情是禁不起推敲的。现在我说他会再来，应该还是冲着我，肯定还是自己一个人来做歹。只不过这回他多了个能说的理由，如果被发现了，就说是听到武士禀报之后过来询问我们一下。没带人是因为此事说起来很小，没有搞大的必要。"妹妹分析道。

"你都快把我说晕了，但我还是听明白了。不知道他为何会把这竹管丢在这儿，至少他得来把竹管收回去，不然我们就掌握主动权了。他应该还会再使迷香，好在爹提前给了我们对付迷香的解药。现在……"

"现在我们就等着瓮中捉王八。"

果不其然，三更天的时候，院子的门又被打开了，虽然动静很轻，但还是没有被夜晚的安静掩盖住。

我和妹妹盯着窗户上的那个洞，看着一截竹管从洞中穿了过来，袅袅的迷烟在飘散。好，你赶紧进来，明天就让你在庄主面前有个交代，两截迷烟的竹管还治不了你？

"小贼！休要逃跑！"梁万风刚要推门的时候，就听院外忽然有人喊道。

"谁在那儿？"梁万风一惊之下，脱口而出。

"是大少主？我是六甲。刚刚我看到一个人影鬼鬼祟祟，怀疑是奸细，便一路跟着要将他捉住，不料听到大少主的声音，一个分神被他闪走了。大少主，你在这儿是……"六甲说着跑进了院中。

"我来是要向他们询问一件小事，看此刻他们已经歇息了，就不打扰了，改日再说吧。"梁万风说着就往外走。

"若是大少主有急事，我去叫醒他们便是。"六甲说完，便起身往里面走。

"多事！难道本少主的话不好使了吗？此刻客人已经休息，再去打扰岂是待客之道？快随我回去！"梁万风强硬道。

"是，大少主！"六甲随声道。

院门再次关上。

"六甲果然在暗中保护我们，确切说是保护你！"我低声对妹妹说道。

"六甲可够坏的，明明知道我们中了迷烟，却还要来叫我们，差点儿让梁万风露了狐狸尾巴，他就不怕梁万风恼羞成怒？"妹妹没有理我，自顾自地说。

"六甲当然知道梁万风不会让他叫醒咱们，他肯定见好就收了。只不过……"

"只不过他两人出现在这儿的理由都很牵强，只是谁也没有戳穿对方。"

"唉，看来你我的处境……不容乐观呀。"

"唉，刚才差一点儿我们就乐观了。"

天亮之后，六甲一早就来找我们了。

"你们没事吧？咦，你们醒来得这般早？"六甲问道。

"我们习惯早睡早起呀，为啥你会吃惊？"妹妹调皮道。

"哦，早睡早起嘛……是很好，你们……"六甲有点儿吞吞吐吐。

"好了二妹，你别逗他了。六甲，我知道你要问什么，给你看样东西。"我说着，把那根竹管拿了出来。

"这是……你们……都知道了？"六甲惊讶道。

"我们本来是不知道的。"妹妹叹口气道。

"我来找你们也是为了此事。本来为了他的颜面，我正不知要如何对你们说，现下……你们昨晚出去了？"六甲面露难色。

"是的，我们不瞒你，昨晚我们出去了。我们怕梁万风或是庄主万一对我们不利，我们好知道逃走的路线。"我答道。

"这山庄地形复杂，又有护卫巡逻，你们没有迷路或被发现？"六甲问。

"我们用心记着，幸好没有迷路。不过我们昨晚还探听到一些事情，似乎万凤姑娘和梁万风也出去过。我们担心他们都到过这里，为了不让他们起疑，我们回来的时候故意找了个理由被发现了。昨晚的事情你可知道什么？"我问六甲道。

"这就对上了，事情是这样的。"六甲将昨晚的事情向我们道出，"昨天下午，庄上来了客人，家主吩咐不管任何事都先不要禀报，且所有人非必要不得随意走动。听到此事后，我见大少主面露一丝诡谲，恐他会对你们有什么动作，一更时我便来到你们的院外隐藏着提防。那时我还在奇怪，你们晚上为什么不点灯，我道是你们因为上午比武的事，身体困乏休息得早。

"果然没一会儿就有人来了，却不是大少主，而是……小少主。小少主没有带着丫鬟，只是一个人悄悄地进来，以至于旁边屋的下人们都没有发现。她见屋里黑着灯，便轻轻地叩了叩门，喊了你们几声。见你们没有回声，她本想推门，却终究停下了，随后便转身离去。

"小少主前脚刚走，大少主就到了。只见他悄悄地进了院来，先往旁边下人屋子走去，然后从怀中摸出一根竹管，点着后冲着窗户里吹去。然后他又到了你们的屋前，同样对着你们的窗户吹了一次，等了一小会儿他便推门进去了。我心中万分憎恶，大少主竟会做出如此下作的事情，万一二妹有个闪失……我来不及想，便要朝你们屋子里扔块石头将他惊走，也好让你们惊醒一下。但我还没出手，就见大少主一边谩骂着，一边从屋里走了出来。他刚关上门时，刮了一阵风，将屋后茅房的门吹得一撞，他一惊之下赶快退出

　　　　　　　　　　　　　　　————— 料事如神

了院子，连插在腰带上的竹管掉落了都没发觉。

"我那时才知道原来你们不在屋里。我担心你们出去的事若被发现，于家主那里不好交代，便赶忙沿回去的路线去找你们。我还须跟踪着大少主，只见他是往自己的院子方向走去。碍于昨晚家主有令，我若被大少主发现不在，也不好解释，便在他回去之前，先到他院子里等候了。

"他回来和我说了几句话之后便让我出去了，过了会儿我见无事了，刚要准备继续寻你们，就听得有武士向他禀报说在御棠轩外发现了你们。只见他又出了屋子，往你们这里走来，我便一路跟着他到此。我道他应该是注意到竹管丢了，怕被你们发现，想过来取回。未承想他竟再一次对你们使用迷烟，但那时你们估计已在屋里了，我在他要推门之前便谎称捉拿奸细喝住了他，然后他就带我回去了。"

我和妹妹点了点头。

"没错，我们昨晚回来，在门口发现了这根迷烟的竹管。想到梁万风事不成后应该不会死心，我们便在他第二次来之前做好了准备。昨晚你在门口与他的对话我们听到了，但为了不打草惊蛇，我们没有出声。甲兄如此为我兄妹二人，我们实在感激不尽。"

我说完，便和妹妹一起向六甲施了一礼。

"一兄，二妹，千万不要客气！我是山庄的堂主，又是你们的知己，保护你们是我于公于私的责任。"六甲说完还了一礼。

"甲兄，听说昨天来的是京城的特使，没想到庄主与京城的权贵还有往来，不知方不方便告诉我们一下，好让我们以后注意一些。"妹妹说道。

"二妹如此问，我本不该隐瞒，但这确系山庄的机密大事，看家主如此谨慎对待便知。再则我所知也实在有限，火德堂只负责情报的转运，具体的情形怕是只有鼍雷堂的梁管家才知晓。而我……是不方便问的。"六甲为难道。

"甲兄不必为难，舍妹只是好奇而已，既是山庄的机密，我们不再过问就是了。"我开解道。

"是啊，因为凤姐姐说过，她是为了给庄主送信才会在路上遇险的，我们虽然不知道是什么信，但能让凤姐姐只身犯险，应该是机密大事。看到是京城来的人，我就猜会不会和凤姐姐送的信有关。其实我主要是想让甲兄将陷害凤姐姐和万鹊姐姐的那两名凶徒抓到，好为她们报仇。万一那两名凶徒的真实目的也是为了那封信呢？说不定就和京城来的人有关。"

妹妹一边说着，一边眨着她那双漂亮的大眼睛，把六甲看得魂儿都快没了。

"二妹既如此说，我若再推搪就是我的不是了。小少主去送信这事，山庄上下是无人知晓的，直到小少主中毒回来我们才知道。看来家主确实怀疑山庄里有奸细，连火德堂

料事如神

的人也在怀疑的范围之中。家主本想让我去，但那时又让大少主差遣我去办同样重要的事，我暂时不能分身，事情又紧急，这才同意让小少主去的。二妹放心，那两个人我肯定会找到他们的……"六甲说着，突然愣了一下。

"甲兄，你说你碰到那个蒙面人的时候，也是在送信？"妹妹听出了端倪。

"二妹，一兄，现在看来此事非同小可了。那蒙面人为了抢马想杀我原来是障眼法，他的目的难道是我身上的信？难怪在我逃走之后，又在城外碰到了他，难道他一直在跟着我？这样说来，若不是遇见了你们，我自己已是个死人，还误了山庄的大事！"六甲警醒道。

"甲兄，看来万凤的信应该是送到京城了，难道你送的信也是京城来的？"我问道。

"那倒不是。不瞒你们，我的信来自西边，但具体的方位我并不知道。我们传信为了保密，都是单线联络，上下互不知情，这样即使被敌人俘获，也审问不出任何信息。本来我这个堂主是有全部知情权的，但此次的机密级别太高，竟连我都不能知情。你们也是来自西边，咱们能在那里遇到，走的方向又一致，说不定信的来源离你们家乡的位置不远呢。"

京城来的特使，六甲来自西边的信，万凤送给京城的信，那两个路上的恶徒……我和妹妹对视一眼，同时想到了什么，一股寒意同时从我和妹妹的身上冒出。难道这事和爹有关系？是我这个皇子和公主的事？京城来的人是谁？难道是太子或驸马的人？还是说是王大人和乔司尉派来的？这事必须弄清楚，不管是他们哪一方，我和妹妹的处境都更加凶险。

"甲兄，如果山庄有什么艰难的事，为了你，我兄妹二人自当为山庄出力。如果我们能够知道的线索多一些，那就能更好地帮助你排忧解难。"我尽量说得不动声色。

"我先谢过一兄了。此事间的联系，我要待京城的人走后，向家主禀明，看家主如何示下。那时若需得一兄和二妹的协助，还望你们不吝劳神。"

六甲走了。

"哥，西边来的信会不会是……"妹妹问道。

"不好说，如果真的是，那咱们来万风山庄算是来对地方了。只是不知道爹和梁庄主之间是否有关系。"

"我们还是要查明一下才好。对了，我昨晚预见到我们会进去那个被把守的院门。"

"嗯，那个院门后面一定藏有什么秘密，我们今晚再去一次。只是眼下虽有六甲暗中护着我们，但是梁万风这厮是不会对你死心的，我们还是要想个办法让他知难而退才好。"

料事如神

"现在倒是不怕他来暗的，就怕他来明的。如果是暗着来，我们只当是被庄里的奸细偷袭，伤了他便是。如果是来明的，万一再有梁庄主推波助澜，我们却是不好应对了。"

正说着，梁管家到了御棠轩的门外。

"两位贵客，家主请你们去书房一叙。"梁管家道。

"庄上的客人走了？"我问道。

"并没有，但是无妨，家主自有安排。请二位随我来。"

梁庄主正在书房中写字，虽然他从里到外透着老奸巨猾，但是笔下的墨却是透纸七分，行云流水的字显出了刚正之气。

"两位贤侄快请坐，云山，你也留下。"梁庄主继续写字，并没有看我们。

"是，家主。"梁管家侍立在一旁。

"听说贤侄女喜欢闻着花香入睡，风儿这孩子昨晚听说你们去采花，遇到了巡夜的守卫，怕你们被为难，还赶忙给贤侄女把花送了过去，到了时估计你已经休息了，并没有打扰。这孩子也是有心了……老夫还从未见过他对哪个女子如此，是不是啊云山，哈哈哈。"

梁庄主一边拿起刚写的字，一边慢慢将视线从纸上转移到我们的脸上。

"贤侄啊，不知道贤侄女是否已许配了人家……"

真是怕什么来什么，梁万风真敢把昨晚去过御棠轩的事说给庄主知道，还找了个如此堂皇的理由。梁庄主现在莫非是要提亲？要是真让他说出来，拒绝他也不是，不拒绝更不可能，还如何在这里待下去？何况他庄上的特使既然没走，突然见我们提此事，莫非是有什么诡计？既如此，我趁早打消他的念头。

"庄主，昨晚我们没有收到送来的花，却在门外捡到了其他的玩意儿，您请看这是什么？"我忙拦住了他的话，并把竹管拿了出来。

"啊？这……这是……云山，你看……"梁庄主被打断地有些支吾。

梁管家拿在手里细看过之后，面上露出难色。他看向庄主却没有说话。

"是什么，直接讲！"梁庄主朗声道。

"是，家主，这是一根放过迷烟的竹管。"

"岂有此理！是何人敢在我庄里如此放肆！云山，你去查一下，看看是不是有细作把主意打到了我两位贤侄的头上。"梁庄主发威道。

"庄主，这根管是我与舍妹昨晚采花不得后回房时发现的，同时也在窗子上发现了大小一样的孔洞，惊得我俩一夜没有睡好，早上起来还感觉昏昏沉沉的。既然大少主昨晚到过我们那里去送花，是带着心意的，那想来肯定不是大少主所为。庄主既说是细作打了主意，那应该就是细作干

料事如神

的。我和舍妹只是山野之人，若给山庄添了此等麻烦那是万万担待不了的。我们这就告辞了，望庄主和两位少主多多保重！"

我说完便起身一揖，拉起妹妹便要走。

"贤侄请留步！贤侄若这样说，岂不是怪罪老夫照顾得不周？山庄里出了这样的事，老夫难辞其咎，请贤侄千万莫要多心。云山，去查明到底是谁做的！还有，去风儿那里传我的令，以后没有我的吩咐，他不得踏进御棠轩半步！"梁庄主起身说道。

"是，家主。"

"贤侄，你看这样可好？本来还有一件事要同你们说，还是等客人走后，晚些再说吧。云山，送他们先回房休息吧。"

"是，家主。"

"对了庄主，晚辈还有一事，关于舍妹将来的婚事。舍妹早已与家里禀明，一定要选到她自己钟意的郎君，若非是她自己瞧上的人，谁也勉强她不得，连我也做不了她的主。"

梁管家与我们一起出了书房，在回御棠轩的路上，有人来向他报事，说庄外有两个人要拜访庄主。梁管家让人去回，就说庄主有事，让他们两日后再来。

"梁管家，我兄妹二人在御棠轩待着属实烦闷，不知可否由您带我们在庄里四下观览一番？"我说道。

"一少侠莫急，若不是家主目前在会客中，庄里不便四处走动，早就该带你们转转了。再等一等吧，多则两日，少则一日，客人便会离开了。"梁管家道。

梁管家走后，我和妹妹登上了御棠轩院外的假山，想俯瞰一下山庄的全貌，但这里并不是最高的位置，所见的地形非常有限。

突然间，我们看到有一个人扒着山庄的外墙向里面窥探。

"哥，你看那个人！怎么感觉眼熟？啊！那不是……"妹妹小声喊道。

"是的，你没有看错，那个人就是那晚劫持万凤的贼人！他好大的胆子，竟然敢到这来！"

"刚刚门外报与管家说有两个人来访，难道是他们？"妹妹问道。

"这山庄的外墙可不矮，想来是那蒙面人在下面用肩膀托着这个大胡子，应该就是他们了。我们要不要去找六甲或庄主？"

"应该不必了，他们既然来了，肯定就不怕被问罪，何况他们还要主动面见庄主，我们别打草惊蛇，等他们两日后进来了再说。"妹妹笃定道。

又到了戌时，妹妹说，既是去查探那个小院，可以再晚一些，便叫来了旁屋的下人。

"我和家兄要休息了，不想被旁人打扰，若有人来，你

料事如神

们就告之不便相见，请他回去便了，有劳了！"

"是。"

子时我和妹妹出门，这次是轻车熟路，可以轻易地避开巡夜的守卫。来到了那小院附近，我们见有两个武士守着那院门。

我们正发愁要如何引开他们，只听其中一个武士说道："天天让咱俩夜里在这喝风，不比那些在家主、少主跟前伺候的，时不时还有立功露脸的机会，这个破院子到底有什么可守着的！"

"哪那么多废话，家主让咱们守着这儿，肯定是有道理的，估计是家主的私藏小库之类的，咱们看好了门就算立功了。若不小心出了事，咱们有几个脑袋能交代！"另一个武士回道。

"唉，也是，山庄里好歹比外面的差事待遇强，就这些好酒好菜咱就没少吃。哎哟哟，说着吃，我这肚子就来劲了，你盯会儿，我去那边林子里方便方便。"这个武士说完，就捂着肚子往我们旁边的树林里跑去。

"瞅你那点儿出息，快着点，回来我也得方便一下。"

我和妹妹对视一眼，好机会！我悄悄地捡起一颗石子，慢慢地往草里的武士靠了过去。在他解开裤子正痛快的时候，我嗖地一下用石子朝他腿上打去，只听他"哎哟"一声，坐在了自己刚方便过的地方，随即他便破口大骂。

“出什么事了？！你叫唤什么？”把门的武士听见动静就往这边来了。

我和妹妹赶忙从另一边往林子外跑，妹妹还不忘“喵”地学了一声猫叫。

“你这……也太恶心了吧，怎么回事？”跑过去的武士问道。

“我怎么知道，可能是只猫撞我腿上了，哎呀，弄我这一身。”方便的武士答道。

“咱这儿哪来的猫？你赶紧找个有水的地方洗了去，我可不想跟你站在一块儿。”

好在院墙不高，他们说话的时候，我和妹妹已翻身进去。

可是进去后，院子中间就只有一棵够三人环抱的大槐树，除了四周的院墙，什么都没有。

“哥，这树有蹊跷。”妹妹把声音压得很低。

“这不废话吗？这院子里只有这一棵树，还要派人专门来守着，肯定有问题。要说庄主是个多爱惜古木的人，我倒也不大信。快说，你除了看到咱们进了院子，还看到了什么？”我同样压低了声音。

“被你猜着了，我看到这树上好像有门，咱们找一找。”

我和妹妹不再出声，仔细地摸索这棵树，但是什么机关都没有摸到。突然妹妹转身走向旁边的院墙，在墙面上摸了

料事如神

起来。对呀，机关不在树上，那应该就是在墙上。

"哥，这块砖上有花纹，不仔细摸的话是看不出来的，其他的砖都是平整的。"

我过去一摸，果然是这样，但是我们按了按却没有任何反应。这时妹妹又跑去其他几面墙摸了起来，在对面的墙上摸到了同样花纹的砖。她冲我摆摆手叫我过去。

"咱俩试试同时按着两块砖。"妹妹道。

黑暗中我们打了个信号，同时默数三个数，一起按了下去。果然，树的中间打开了一扇门。好在没有什么声音，没被门外的武士听到。

我们进了树的门，用脚一探是往下走的阶梯。怕亮光引起人注意，我们走下了几个台阶才点起了火折子。看来这里是一个通道，却不知通往哪里，这山庄的秘密果然不少。

大约走了一盏茶的时间，我们面前出现了一扇石门。这次不用找机关了，因为门上有一个钥匙孔，看来得需要一把钥匙才能进去。

"咱们出去吧。"我对妹妹说道。

"问题是，咱们怎么出这个院子。"

我们关上树门，扒上墙头，看见一个武士仍在门口站着，另一个则是裤子湿淋淋地刚回来，一边走还在一边骂娘。

我们正愁无法脱身，这时只听得一个声音道："你这是怎么弄的，不怕夜里着了凉？"

我一听，像是万凤，她为什么会在这里？

"是小少主，属下参见小少主。"两个武士同时跑过去几步向万凤行礼。

"免了吧，你们这是？"

"回小少主，是小人不小心，也不敢说与小少主听，怕脏了您的耳朵。"

"赶紧去烤烤火，夜里湿了衣裳容易受寒。这是我随身带的姜片糕，你们拿去做夜宵吧，也可驱驱这夜里的寒气。你等他烤火回来你们一起吃吧，我走了。"

"多谢小少主赏赐，恭送小少主。"两人再次行礼。

我和妹妹没有耽误，在他们背对着我们的时候，赶紧翻身出来，溜进了林子。

我们没有走远，一直跟着万凤，只见她往御棠轩的方向走去。她走到院门外却停了下来，回过头来瞧着。

"你们若是也到了，就出来相见吧。"万凤说道。

"刚刚果然是你在帮我们。"我们现了身，妹妹回道。

"从你们进去的时候我就瞧见了，怕你们出不来，便一直在那附近守着。看见一哥哥从墙上探头，我才……"万凤说道。

"那真是多谢你了，可是你为什么……"我问道。

"唉，一哥哥，你是真的不知道我的心意吗？我晚上睡

　　　　　　　　　　　　　　料事如神

不着，想来瞧瞧你，还亲手做了姜片糕拿来给你吃。到了门口的时候，你院中的下人起来方便，瞧见我说你们睡了，不想见客，我便回了，不知不觉就走到了那小院的附近，却恰巧看到了你们。"

"那你是什么时候来的？"我又问道。

"因心里思念而睡不着的人，谁会在乎夜里的时辰是几何？想来也就是三更天左右吧。"

"我们……既然被你撞见了，你对那小院知道多少？"

"一哥哥，双妹妹，我知道你们对这山庄好奇，再则是我请你们来的，相信你们对我爹也绝没有恶意。若不是我那哥哥一再地冒犯你们，想必你们也不会夜里想着找些出路。实不相瞒，那小院我从未进去过，我爹也从未允许任何人进去。我想除了我爹，若还有人能进去的话，大概就是梁管家了，我爹救过他一家性命，他对我爹是忠心不二的。只可惜了我的姜片糕，便宜了那两个小子。"

万凤的说法真是为我们考虑，连我们夜里出来都给找好了理由，看来她和她爹是很不一样的，她对我，也是很不一样的。

"凤妹妹，你的姜片糕我很想尝尝，你明天再做来给我吃吧。"

万凤脸红着走了，心情很是愉悦，可妹妹的脸上是碧青碧青的。

"你想吃她做的糕？那你就留在这吃一辈子好了。"

"你生哪门子气？人家帮了咱们，又是好心好意地过来，什么都不过问，我们总不能伤了人家。再说，这山庄现在除了六甲，也只有万凤肯站在我们这边了，多一个体己的帮手总没坏处吧？"

"她只是个体己的帮手吗？人家话都说得那么明了，对你有心意，你听不出来吗？"

"是她有心意，又不是我有心意，再说了……"

"说什么？难道你对她真的没想法？"

"我……不会有的，早点儿睡吧。"

虽然万凤帮了我们，但我还是想不出她是为了什么，我们认识的时间并不长，就算她喜欢我，也不至于用山庄的秘密去冒险。还是睡觉吧，等她明天来了再说。

次日一早，万凤就拿了姜片糕来。

"现在刚辰时，你什么时候做的这个？"我问万凤。

"一哥哥说想吃，我就只想早点儿让你吃到，反正我也睡不着，寅时我就起来了。"万凤脸又红了。

"凤妹妹有心了，我要赶快尝一下。"

万凤做的点心真是说不出的可口，香酥软糯，不是外面可以吃到的美味。

"一哥哥若是喜欢吃，我……"

"我喜欢吃，我想常常吃到，有劳凤妹妹了。"我强忍住尴尬道。

妹妹这回倒是没有吃醋。

"凤姐姐，我们想知道一些事。"妹妹瞧了我一眼。

"双妹妹，什么事……你尽管问吧。"

"庄主是不是个好人？"

我惊讶妹妹怎么会问得这么直白，这让万凤要如何回答。

"这……我不知道，爹的事我很少过问。爹很疼爱我，从小我在这山庄长大，爹把我保护得甚严，也没有让我参与过山庄里的任何事情，凡事他都是与那几个堂主商议的。至于他做的事是好是坏，我从来没有放在心上过。不过我相信，我爹不是坏人，至少，我认为不是。"万凤喃喃地回道。

"你哥哥前天晚上来我们这里用了迷香，似乎是要对我……有所图谋。我虽然是个山野丫头，但也不耻于他这种行径。昨天早上庄主又有意询问我的婚事，我们将迷烟的竹管拿出来后他才作罢，并向我们承诺以后让你哥哥离我们远一点儿。希望有机会的话，你能劝下你哥哥，很多事情是勉强不来的，我们也不希望与他为敌，你看好不好？"

"嗯，我明白你的意思。我看得出来，家兄确实对你有心思，但是感情的事……我会和他说的，我也替家兄向你们道歉。"

"庄主是不是一直有意将你许配给六甲？"

妹妹的问题一个比一个让人难以回答，我将脸扭到一旁，不想看到万凤的为难。

"是。爹总说六甲很好，又一手将他带大，爹也总说我身份是不一般的，说我俩在一起很般配，但是我对六甲只有对兄弟的情意，而且，这么多年六甲也没有向我表露过喜欢我的意思，应该也是拿我当亲人吧。何况，我现在有喜欢的人了。六甲他……应该也有了吧。"

我心里想着妹妹能不能问点正经事，真怕她再说些不着四六的，我都快坐不住了。

"你喜欢我哥对吧？这个我早就看出来了，但是我哥不喜欢你，不信你自己问他。"妹妹说完，和万凤一同望向了我。我感到射向我的不是目光，而是四把飞刀。

"凤妹妹，你不要听她胡说，我……"我急忙掩饰。

"一哥哥，你喜欢我吗？"

"我……"

"哈哈，凤姐姐，我和你开玩笑的，我哥他呀，很喜欢你的。估计在船上救你的时候，你俩一起骑马的时候，你换了衣裳见他的时候，他就喜欢得不得了。我都瞧见他好几回望着你出神呢。"

妹妹今天着实让我手足无措，万凤已经脸红到脖子了。

我刚要出言制止，她又接着说："又何况你昨晚帮了我们，又什么都不问，我哥他可是被你迷得不行呢。"

"双妹妹，我……"

"好了双儿，别再取笑凤妹妹了。"

"好好好，我的哥，你这就开始偏向她了。对了凤姐姐，有一件事你说对了，我们对庄主确实没有恶意，但是自从我们来了之后，总感到危机四伏。庄主认为山庄里有敌人的细作，我们出现的时候又这么巧，庄主对我们有所怀疑是在所难免的。我们昨晚去那个小院，确实是想找条事情从急时可以逃走的路，无意窥探山庄里的秘密。我们发现那院中的树上有门，里面是个通道，还有个石门，需要一把钥匙。你要是能够拿到钥匙，便和我们一起去瞧瞧，万一我和我哥真有危险，还希望你能帮我们呢。"

"这……我知道了，钥匙应该在我爹或是梁管家那里，我会去试试的，我不希望一哥哥……和你有危险。"

"好姐姐！还有一事，你上次到底是给谁送信？此事可能和山庄的安危有关，我和家兄推测上次要害你们的那两个人可能是冲着这封信才找上你们的。若山庄有难，我和家兄可以尽些绵薄之力。"

"可是那两个人没有提到信的事……啊？难道他们撕扯我的衣裳是为了……"

"那两个人已经找到山庄来了。若不是庄主现下有事，被梁管家挡了回去，他们估计已经见到庄主了。我们也想把这事盘算明白，好让你给庄主报个信，做个准备。"

"原来是这样！我告诉你们，我也相信你们不是敌人，但是你们一定不要和别人说。信是送给京城一个司尉的，好像是姓乔，这个乔大人没有派人来取信，而是亲自来与我们接头的。至于他回去京城之后把信再转给谁，我就不知道了。"

是乔司尉！那么信最终应该是交给王大人！庄主的信果然和爹有关！但如果信是交给乔司尉的，那庄主应该不是爹的敌人。

"庄主和京城的大官有来往吗？看来这次来山庄的客人也是为了这封信来的。"

"也许是，但是我就不清楚了。"

"这么说来，那个蒙面人和那个大胡子应该是敌人了。如果他们明知你是山庄的人，还敢对你动手，这回就是来者不善了，甚至他们后面还有强大的靠山。你找机会快去报与庄主知晓。"

"嗯，听说庄上的客人今晚就要走了，我会去找爹的。"

"凤妹妹，你方才说六甲也有喜欢的人了，你知道是谁吗？"有一个意识让我突然问道。

"一哥哥，你不觉得双妹妹和六甲长得有几分像吗？"

万凤没有直接回答我的问题，但是这句话又是什么意思？

料事如神

万凤走后。

"哥，咱们今天算是没有白见她，掌握的事情不少，我厉害吧？"妹妹洋洋自得。

"你都快把你哥给难为死了！我是硬着头皮听你们说话的。"

"梁庄主确实与爹有关系，他会不会知道你和公主的事？"

"有这个可能，但是爹为什么会让他知道？联系乔司尉也不见得就是这事吧，可是让万凤亲自犯险去送信，此事又非同小可，还有比这事更大的吗？看来一切都得从庄主口里得知啊，但是我们要怎么让他开口呢？"

"哥……要不……你向庄主提亲吧。"

"你说什么？"

"哥，我没有开玩笑。万凤看来是有意嫁给你了，庄主也很看重你，种种事情里面也能看出这个意思。那天咱们也猜测了他的想法，不如顺水推舟，你成了他的女婿，可以得到山庄的力量和秘密，将来也利于你登上皇位，与太子和驸马抗衡。何况……你也喜欢万凤，我知道的……"

"不成不成，这样的话，你怎么办？"我说出口后突然感到很局促。

妹妹懂我的心意，心里极力掩饰，努力让脸上没有什么情绪变化。

"我……没事的……哥，我说过了，你做了皇帝之后，不可能只有一个女人的。我……只要一直陪着你就好，我可以一直做你的妹妹。"

"小妹，不要说了，我不同意！"

"哥，你听我一次，没有什么比你的皇位还重要，你心里想的应该是天下的子民。爹这么多年的努力都是为了谁？别辜负了爹的心。"

"此事……再议吧，好吗？"

午后，六甲过来了。

"此时不便久留，我长话短说。"六甲喝了杯茶。

"可是有什么消息？"

"是有消息，你们要找的人没有找到。我派出的都是我心腹的能人，他们遍处寻访，最后也无能为力，真的很抱歉。现在我担心的是，家主若是也找不到你们的'叔叔'和'堂妹'，你们要怎么办，那时再向家主说明情况，怕是不容易了。虽然舍不得，但你们还是走吧，我会找人安排好的，你们放心。"

"多谢甲兄了，但是我们现在不能走了。"

"为什么？你们不怕有危险？"六甲瞪大了眼睛，瞧着妹妹。

"劫持万凤的那两个人已经来了，就在山庄外面，估计明天就能见到庄主了。此时我们若是走了，一来山庄若有危难，我们不能相助；二来就更像是我们把人给引来了，坐实了我们就是细作，庄主哪会放过我们？"

"这容易，我现在带人去把他们捉来交给庄主发落便是，你们去和他们对质就没有嫌疑了。"

"不可，甲兄，他们既然敢来，肯定是有准备的，至少是不怕的。索性我们就看看他们耍什么花样！有甲兄在这儿，我们兄妹是什么也不怕的，甲兄会护我们周全，对吗？"妹妹温柔地说道。

"可是……好吧，就听二妹的。"六甲好像一下软了下去。

"甲兄，还有一事，听说晚上客人就会离开，可不可以带我们悄悄看一下来的人。"

"好吧，我想想办法。"六甲没有问为什么。

酉时，太阳即将落下。

梁庄主与梁管家亲自将特使送出了山庄的大门。六甲和我们躲在一处可以看到大门的假山上面，我们背后是落日的余晖，逆着光所以不会被发现。

只见那两个特使一身便服打扮，但是脚上却穿着官靴。那两人出门时，回头和庄主互相行礼。

这一回头让我和妹妹吃惊不小。竟然是他！沈捕头！另一人没有见过，难道是乔司尉？

六甲掩护我们回到御棠轩后，便回梁万风那里了。

"哥，看来咱们猜对了。乔司尉拿到的信和沈捕头的到来应该就是为了你和公主的事。没想到梁庄主也参与其中，可是爹却没有告诉我们。"

"也有可能梁庄主是爹的另一个助力，驸马现在虎视眈眈并不好对付。他们来也许是京城出了事，需要山庄的支持。"

"这么说，梁庄主是和爹一边的，那为什么会对你百般刁难？还有那个梁万风，和你比武下死手！"

"梁庄主未必知道我是谁呀，咱们又没透露过身份，他大概只是猜测和试探。事关重大，沈捕头他们都不知道我们在这儿，想来也不会对庄主说太多我们的事。至于梁万风，庄主未必会对他说多少，他应该是不知情的。不过六甲说没有找到公主，我们下一步……"

"待明天看看情况如何，我总感觉，没找到反而是好事，说明公主离我们不远了。"

次日上午，梁管家急匆匆过来，说庄主请我们去会客大堂。

堂上已站满了武士，梁庄主站在中央，梁万风、六甲、万凤都站在一旁。那个蒙面人和大胡子却大大方方地坐在东西两边的客椅上。

梁管家悄悄说："他们就是前两天要来访见庄主的人，今早辰时就已到了。小少主昨晚应该是和家主禀告过此事了，

　　　　　　　　　　　　　　　　　　料事如神

所以家主要让武士将他们拿下。但他们自称是驸马的使者，有要事相商，庄主还没有知晓他们的来意，不敢轻举妄动，便把大少主和小少主都叫了过来。小少主一见到他们便惊叫出声，还被吓得直发抖，家主便让我赶快请了你们过来。"

"两位阁下，你们就是逼死老夫庄上侍女，意图强占老夫女儿的恶徒否？"梁庄主声音低沉中带着威慑。

"庄主说什么见外的话，那侍女是自己找死的，与我们何干？至于你的女儿，不要说我们强占，是她自己愿意侍奉我们哥俩儿的。话说你女儿的皮肤还真是白皙嫩滑，哈哈。"大胡子说着看见我出现在这儿，指着我继续道，"若不是这小子和这个小娘儿们多管闲事，说不定咱们和庄主已成一家人了，哈哈哈哈。"

"住口！无耻的淫徒！老夫且问你，你对我女儿用强的时候，可知道她是本山庄的小少主，是本庄主的女儿？！"

"这个嘛……我们自然知道，不然哪值得我们哥俩儿动手？"大胡子说完又指着六甲道，"我们还知道，那个小无赖也是你们山庄的马仔。

"好，好！"梁庄主已经气顶太阳穴。

"梁庄主，我劝你还是消消气，现下不过是你问我答而已，我没有扯谎，这很有诚意了吧？"

"那你们是故意与敝山庄作对的了？竟敢对敝山庄的堂主和老夫的女儿下手，你们是活腻了吗？"

"梁庄主，我知道你想把我们碎尸万段，可是我提醒你，我们是驸马的人，也就是朝廷的人，梁庄主若是杀了我们，恐怕吃罪不起吧？"

"哼，朝廷又怎样，驸马又怎样，老夫怕你们不成？敢不把老夫放在眼里，就叫你们瞧瞧老夫的手段。凤儿，爹今天就给你报仇。来人！"

"驸马有令！"蒙面人见武士们要上来动手，忙喊道。

"庄主且慢！谅这两个淫徒跑不出山庄，先看看他们要做什么。"我在一旁说道。

"算你小子识相！没想到你也跑到这山庄来了，八成也是看上梁庄主的女儿了吧，可惜呀，你是得不到手的，哈哈哈。"

"少废话！说你们来干什么，不然我会让你们死得很难看。"我怒目而视。

"驸马有令，万凤山庄勾结贼人，意图谋反，罪当不赦！若肯服从驸马的驱使，可从轻发落；若不然，则带领兵马，荡平山庄，不留一个活口。"蒙面人说道。

"听清楚了吧？你们这帮反贼！我们若是十日内没有回去复命，驸马就会认定你们是谋反，带兵过来血洗。梁庄主，识相的就给个话吧。"大胡子补充道。

"简直是一派胡言！莫说老夫没有谋反，就是有，不过拼我山庄之力打上一仗便是，岂有沦为驸马走狗之理！你们把本庄主看成什么人了？！"

就在梁庄主与两人剑拔弩张之时，梁万风说话了。

"爹，您先消消气，此时与驸马起冲突对我们没有好处，不如我们先听听驸马想要我们干什么。你们两个，欺辱我妹妹的事先放在一边，说出你们的来意吧。"

"哎哟哟，还是大少主明事理，不像你爹似的，一把年纪了，天天喊打喊杀的。咱们是要当众说呢，还是私下谈？"大胡子说完，用眼扫了一下四周。

"你们都退下吧！"

梁万风撵走了堂中的武士，有意地看了我和妹妹一眼。我和妹妹假装没看见，并没有动。

"风儿，两位贤侄是咱们自己人，让他们留在这里。"

见四下只有我们几人在了，那两人不客气地招呼我们都坐下，仿佛他们是这里的主人。

"阁下可以说了吗？"梁万风道。

"驸马最近要做大事，此事若得你们山庄相助，事成之后，驸马给你们加官进爵。你们与京里京外的某些人有勾结，驸马已经洞悉了，你们接送的那几封信就是证据。虽然我们没有截下，但是驸马自有耳目可以探到消息，证据我们是有的。你们不想背上谋反的罪名，最好与某些人断了来往，乖乖投于驸马麾下，有你们的好处。不然，哼哼……"

"驸马是想当皇帝？"

"大少主，你是个聪明人，有些话不用说得太明白。"

"爹，你看这……"

"老夫与驸马素无来往，驸马凭什么会相信我们会助他？何况老夫对当官封王的事情没有兴趣。今日老夫不为难你们，就当是给驸马个面子，你们走吧。"

"梁庄主，你不要敬酒不吃吃罚酒！你们既已知道驸马的秘密，要么跟着驸马起事，要么就只能永远闭上嘴。能永远闭嘴的除了哑巴就是死人，梁庄主想必既不想当哑巴，更不想当死人吧？"

"爹，不然我们就为驸马效力吧，难保这不是提升我们山庄威望的机会。"梁万风道。

"风儿，你……"

"说吧，驸马要什么凭证印信？"

"大少主果然痛快！"大胡子说着，从怀里掏出一物，"凭证嘛，这个好说，这里有一个金麒麟，就是驸马给你们的印信。至于你们要给驸马的，哈哈哈。"

"是什么？"

大胡子指着万凤道："就是凤儿姑娘。"

我、万凤和梁庄主同时大惊道："你说什么？！"

"凤儿姑娘的美貌冠绝天下，你梁庄主的女儿在驸马手里，驸马的心里也会踏实一些。可是驸马家里还有公主，要

　　　　　　　　　　　　　　料事如神

留凤儿姑娘在身边也是不便，想必到时候还是会交给我们哥俩儿照顾着，我们也只能勉为其难地和凤儿姑娘同吃同住了，哈哈哈哈。"

"你！你们！"我抑制不住怒火道。

"哎，我刚才就说了，你惦记她也没用，你到不了手的。"大胡子笑道。

万凤已偷偷落泪。

"老夫已经将凤儿许配给我这一贤侄了，他俩已经成婚了。前两日你们想访见时，正是我们在办喜事。只不过我这凤儿不喜欢事情太张扬，所以山庄也没有进行什么布置，一切都随她的喜好罢了。"

万凤从满脸泪水变成了满面含羞。我和妹妹同时背后发凉，怎么万凤就已经嫁给我了？梁庄主开什么玩笑啊，这让万凤以后如何做人？

"梁庄主，我劝你玩笑不得。你最好归顺驸马，不然驸马置你于死地的理由还有一个，就是你私藏皇嗣。虽然不知道哪个孩子是，也可能这两个都是，不然驸马为什么要你的女儿？他们想必还不知道吧，劝你还是为了他们的性命考虑……"

我和妹妹又是一惊，万凤和六甲也是一惊，梁万风和梁管家脸上倒是没有什么波澜。

"住口！你在说什么，老夫不知道！"梁庄主脸上变了颜色，"驸马说的事，你让我思虑一番，毕竟是大事，老夫要慎重。你们先回去复命吧。不送了。"

"哼！看来是真的，驸马猜得不错，梁庄主你瞒不了的！谅你们也跑不了，你不会舍下这多年的家业的。咱们哥俩儿就先走了，过些日子我们再回来，驸马可等着你的消息呢。"

两人走后，我们都沉默了许久，原来探出皇嗣在这儿才是他们的目的。

"凤儿，云山，六甲，你们都出去。凤儿，你和两位贤侄留下，我有话说。"梁庄主的声音顿时苍老了一些。

梁管家他们出去后，梁庄主对我们道："一贤侄，今天的事情有些复杂，也有很多无奈，老夫还是老了，竟会被人欺负至此。"

"庄主，你……"我又看了眼万凤。

"无妨。你莫以为老夫说凤儿和你已成亲是权宜之计，清白对一个姑娘是何等重要，何况她还是老夫的女儿。老夫之前确实想将凤儿许配给六甲，六甲虽非我亲生，但也和我儿子一样重要。可是老夫看得出来，自从凤儿遇见你后，对你是万般倾心。老夫也曾年轻过，知道感情的事还是要两个人自己愿意。老夫上次在书房就想和你说这事的，没想到今天借这个机会强行给你安排了，也是不大光彩。你不要怪老夫替你做主，你娶了凤儿之后，我这山庄以后就交给你打理了。至于风儿，他没有这个本事，也没有这个气量，但是他……他的事我会安排，你不用担心。"

"庄主，我……"我又看了眼妹妹，妹妹却始终没有说话。

"唉，一贤侄你不必为难。事已至此，老夫还要告诉你们一个秘密。凤儿，你听好，你和你哥哥都不是我的亲生孩儿。"

"爹，你说什么？"万凤瞪大了眼睛。

"你和你哥哥是皇帝的孩子。"

"庄主，你说什么？"我和妹妹瞪大了眼睛。

"是的，当年我和一位大人，受了皇帝之托，将你们两位皇嗣带出宫外抚养，想着有朝一日，你们会回到宫里，你哥哥继承皇位，你去做你的公主。但是驸马的狼子野心你们也看到了，太子现在的实力不足，被驸马牵制，驸马甚至想自己篡位。皇帝也无计可施，只能盼着你们在关键时刻可以回去，扳倒驸马。驸马也知道你们的存在，一直在找你们，想利用你们要挟皇帝，顺便除掉太子。我送给京城的信就是告知朝廷的内应咱们已不安全，山庄有驸马的奸细，走漏了风声，让他们赶快派人来想办法。"

"那哥哥，哥哥知道他的身份吗？"万凤问道。

"他早已知道了。之所以没有告诉你，就是不想你有过多的烦恼和担忧，等大事落成之后你知道才好。本来你这个公主的婚事，爹是不能做主的，可是如果你恢复了公主身份，到时你的婚事就是由你父皇或者你哥哥给你做主了，你就不能嫁给一贤侄了，爹不想你难过一辈子。如果你现在就嫁给他，他以后就是驸马，看到他这么优秀，想必皇帝也不会怪爹的。"

我和妹妹的大脑似乎有些顿住了，梁庄主怎么和爹说的不一样，但内容又很相似？

"一贤侄，现在你知道了凤儿的身份，她嫁给你，你愿意吗？"

"我……"

万凤满怀期待地看着我，脸上夹杂着好几种情绪。

"他愿意，他当然愿意了，哪有放着驸马不当的？我这个做妹妹的给他做主了。凤姐姐，以后你就是我嫂子了，嘻嘻。"妹妹欢喜地说道，但是眼角却泛着泪光，让我很是心疼。

"好，好啊。"

"庄主，还有一事，那天甲兄送回来的信……"我问道。

"也是关于此事的，就是当年和我一起共谋的那位大人，和我说有人追查到他了，恐皇子和公主不安全，他要谋划后面的对策。对了，那位大人也姓张。"梁庄主说完，意味深长地看了我一眼。

第六章　错乱纷争

果然是爹来的信！如此说来，爹应该就是梁庄主的盟友了，那么梁庄主应该和爹说的是一样的才对，但是如今却和爹说的大相径庭！怎么梁万风和万凤成了皇嗣，那我又是谁？我要找的公主又是谁？爹为什么要骗我们？我们此次出来又是为了什么？如果万凤真是公主，她到底是不是我的亲妹妹？如果是，我怎能和她成亲？如果梁万风是皇子，他若是强要妹妹，连爹也没有办法了吧？可是妹妹怎么能嫁给他那种人，将来天下也要交给他吗？不对！难道梁庄主没有说实话或是故意隐瞒了什么，还是他根本就是扯谎，为了诈出来我们的真实身份？如果他真的知道爹在做的事，也知道爹在京城里的部署，那根据线报大概会怀疑我们的真实来历。难道梁庄主本就是驸马的人？这一切都是下给我们的圈套，做给我们看的？看来这步棋还真是不好下，梁庄主的话我们不能尽信，要是能亲口再向爹确认就好了。可眼下去哪里找爹呀，事情若真发展到此地步，恐怕爹早已转移了。为今之计只有想办法脱身去京城一趟，要是爹也到了京城就好了。

　　梁庄主见我沉思良久，突然又说道："六甲他自己还不知道，他是那位张大人的亲生儿子！"

"什么？！"我和妹妹同时惊呼了出来。

"当年我和张大人为了皇嗣一事，歃血为盟。他把亲生儿子交由我抚养，就是为了将来保护两位皇嗣。同时，"梁庄主又意味深长地看着我和妹妹，"我的儿子和女儿也交给了张大人抚养，为的就是我们有对方的子女在手为人质，谁也不会背叛盟约。我和张大人是互相信任的，这样做只是为了有个保障，还可以混淆敌人的视听。这些年，我和张大人都不能看自己的孩子，牺牲也是挺大的。唉……"

又是一记当头棒喝！六甲是爹的亲生儿子？！那他应该是妹妹的亲哥哥。难怪说他俩长得像，可是若真是如此也就罢了。现在梁庄主却说他的一儿一女都在爹那里抚养，爹那里不就是我和妹妹？难道梁庄主是我们的亲爹？我和妹妹还是亲生兄妹？要是这样，我娶万凤倒没有问题，但是妹妹，六甲和梁万风却都能惦记她了！若真是如此，我宁愿是六甲娶了妹妹，毕竟他是爹的儿子，我也没有不放心了。可是……这到底是怎么回事？不行，我和妹妹不能再待在这里，我们要去找爹把事情弄清楚！

"梁庄主，如此大的秘密，您告诉我们怕是不妥。何况……"我又看向万凤，"凤妹妹，对不起，这些事情搞得我们有些错乱，不弄清楚的话，我不能……不能和你成亲……"

"一贤侄不必多虑，老夫肯将如此大的秘密告诉你们，对你们自然是放心的，因为你们是……哈哈哈，你们都是好孩子。之前我想让凤儿嫁给六甲，是因为想让张大人的孩子做驸马，这样也算对张大人的托付有个交代。但是凤儿却相中了你，你做驸马……也是很好的，这都是你们的缘分。至于双侄女……我本想让她做皇子妃的，将来做到皇后也说不定，奈何……双儿，你真不想嫁给凤儿吗？"

"庄主，我……我不愿意，我不稀罕做什么皇子妃，更不稀罕做什么皇后。我只想陪着我的哥哥一起。"妹妹说完，深情地看了我一眼。

万凤和梁庄主都惊讶了一下，万凤没有说话。

"可是你们……这不成的。"梁庄主叹道。

"庄主，我和妹妹想先回御棠轩，今天的事情，搞得我们心里很乱……"

"好，你们先回去休息吧，今天所讲的事情对你们确实有些突然了……云山，进来一下，送两位贤侄回去吧。"

我们和梁管家走之前，我对万凤使了个眼色。

"哥，这到底怎么回事？是爹在骗我们还是……"

"你问我，我脑袋里还一团乱呢，我们要找到爹问清楚才行。眼下我们得先想办法赶快离开这里。"

"哥，现在不能去找爹，爹交代的任务我们还没有完成。我相信爹不会无缘无故地让我们出来犯险，爹一定有他的深意。现在我们要弄清楚万凤到底是不是公主，咱俩……咱俩到底是不是亲兄妹……这对我很重要！爹要是想告诉我们实情，早就应该告诉我们了，也许……爹说的就是实情。所以，我们要在这里查清楚。"

"可是留在这里，梁庄主就要让我和万凤成婚，怎么办？何况驸马那边已经出手了，事情已十分紧急。"

"方才听到庄主让你们成婚，我已是万念俱灰，但我还是替你高兴的，是真的，哥。万凤是能够配得上你的。我多希望梁庄主说的都是假话，若他说的是真的，哥，我就永远只能是你妹妹了；若他说的是真的……我不要他做我们的爹，我不要！"妹妹说着眼泪就掉了下来。

"小妹，你先莫急。万凤一会儿应该会过来，我们要让她帮助我们。如果我们查不清楚，到时我们也只能先离开了。"

"对了，哥，我们怎么把那个忘了，这么重要的线索！"

万凤果然领会了我们的意思，午后她便来到了我们这里。

"一哥哥，双妹妹，今天爹所讲的事情，我之前真的不知道。"

"凤妹妹，我知道你对我的心意，可是这件事我们必须要知道真相，我不想你不明不白地嫁给我，你能理解吗？"

"一哥哥，刚刚爹不是说得很明白了吗？就是不知道爹的亲生儿女现在在哪里……"

看来万凤对此事还知道得不够清楚。

"刚刚我们走后，庄主没有再对你说什么吗？"

"没有了，爹就说我的身世事关重大，不让我对任何人提起，然后就让我回房了。"

"凤妹妹，庄主说的这些……我们还有些疑虑，现在也不方便对你道出实情，真的是为你好。现在希望你再去问问庄主，你和你哥哥是皇嗣这件事，庄主那里有什么凭证吗？我们在想，一定会有证明你们身份的信物之类的。"

"一哥哥，我知道了。难道我不是公主的话，你就不娶我了吗？"

"你说什么傻话，我当然不是那个意思。另外，想请你帮我们想办法拿到秘密小院的石门钥匙，这事十分紧急，拜托凤妹妹了。"

"你们……你们还是要走？双妹妹，你真的不舍得把一哥哥让给我吗？他可是你的亲哥哥呀。"

万凤不知道！六甲应该没有告诉她我和妹妹不是亲兄妹的事。梁庄主方才话里所指，万凤惊喜之余，怕是也没有听明白，只道我和妹妹是不能在一起的。

"凤妹妹，你听我说，不是我们要走，而是此事关乎重大，我们一定要离开山庄一趟。但是希望你拿到钥匙的同时，将你们身份的实情问明后告诉我们。我答应你，我……

我一定会很快回来的。"

万凤走后不多时，六甲来到御棠轩。

"一兄，事情昨晚我刚向家主禀告过，今天早上就出现了这样的变故，看来山庄里真的有驸马的奸细。可到底是谁呢？一定要把他抓出来，不然山庄就要背着谋反的罪名大动干戈了，我等也怕是要玉石俱焚了。"

"甲兄，你昨晚向庄主禀明之后，庄主说什么了没有？"

"家主就说：'我知道了'。"

"没了？"

"没了。我也很是奇怪，但当时我想，家主经历过那么多风雨，自然有办法处置。"

"今天庄主和你说过什么吗？"

"什么都没说呀，我们出去后，不是把你们留下了吗？家主和你们说什么了？"

"甲兄，我们本不该隐瞒，但这事说起来太复杂了，我们到现在还没有厘清头绪。等时候到了，庄主会和你说的，只是希望他和你说的，与说给我们的，是不一样的……这事关乎我们所有人的命运情缘，还望甲兄包涵，再等一等消息。"

"甲兄，不管怎样，你已是我和哥哥的生死之交，也如我的亲哥哥一般……"妹妹说道。

"二妹，我……"六甲喃喃道，"一兄，我有事相求，望一兄可以答应。"

我隐约知道六甲要求什么，但还是让他说了出来。也罢，这样对大家都好。

"甲兄……你请讲。"

"一兄，我对二妹是一见倾心，此生只想与二妹共度余生，万望一兄可以成全。"六甲说着便下拜行礼。

"甲兄，不可！"我忙去扶六甲起身。

"一兄，你不答应吗？莫非是你们嫌弃我的身份？"

"当然不是……"

我还没想好怎么回答他，妹妹却说话了。

"甲兄，我方才说了，你如我的亲哥哥一般，咱们做兄妹不好吗？"

"好是好，可是我……我不愿只与你做兄妹，我想娶你为……"

"甲兄，此事……非我不愿意，只是我们还要从长计议。现在有很多事要我们做，待日后得知真相……得知真相之后，若像庄主说的那样，你若还有意与小妹成亲，我……我绝不阻拦。"我说完感觉心里在滴血。

"哥，你！"

我摆手拦住了妹妹的话头，六甲顿时有些喜出望外。

"一兄，你们现在要做什么事情，可以告诉我，我来帮你们。"

"这样最好。甲兄，我们前日夜里，探得离万凤住处不远有一个武士把守的小院，你对那个小院知道多少？"

"那个小院，家主从不让人靠近，里面是什么，我确实不知道。"

"我们已进去过，那里面有棵大树，树上竟然有带着机关的门；进门后是一条向下的石阶通道，到头有一扇石门，石门需要一把钥匙才能打开。我已让万凤想办法搞到钥匙，万一那是条可以离开山庄的路，我们要从那里出去。"

"你们……要走？"

"是的，我们要走，待事情办好后，我们会回来。但是你放心，我们不是驸马的奸细。"

"我自然知道你们不是，但你与小少主的婚事……小少主会伤心难过的。"

"我们已和万凤讲过了，她答应帮我们，但不知道她是否真的能取来钥匙，所以希望甲兄也帮我们探得钥匙的所在。另外，钥匙到手后，希望甲兄可以护送我们离开。"

"好，我答应你们，我这就去想办法。"

六甲再次深情地望了眼妹妹，转身离去。

次日午后，万凤拿了姜片糕过来。

"一哥哥，我已知道了石门钥匙放在哪儿了，到时候六甲会帮你们拿过来。"

"六甲？他是找你说过了吧。什么时候会拿过来？"

"你和我成亲的时候。"

妹妹刚要说话，被我制止了。

"凤妹妹，你这是……"

"一哥哥，别误会了你的凤妹妹，我没有这么下贱，用这事要挟你娶我。昨天六甲来找我，我们商量了一下对策。晚上我便请爹去到我的院里，说请他尝尝我亲手做的小菜；也叫来了六甲，让他陪着爹多喝几杯酒。席间我向爹和六甲道出了多年的感激之情，感谢爹对我的疼爱，以及六甲对我的照顾。我当着爹的面对六甲说今生只能做手足了，爹多年的心愿要落空了。爹也觉得对不起六甲，便和六甲不住地碰杯饮酒，说一些安慰伤情的话，不过六甲倒是很欢喜的样子。就这样，爹不知喝了多少杯，已有些醉了。我吩咐下人道，爹今晚就在我院里的西厢房睡了，让他们在院外伺候。我把爹扶到床上之后，让六甲守着西厢房的门口。我和爹说起小时候，他是如何地宠溺我，我想要什么想去哪里，爹都没有不依的，但就是书房和那个小院从来不让我进。我就向爹撒娇，问那两处到底有什么。爹醉意已盛，想来也知道是我，心里没有太多的防备，加上我软磨硬泡，于是酒后吐了真言。"

万凤略微喝了一口茶，对我说："一哥哥，尝尝我做的姜片糕呀。"

"好好，我吃，你接着说。"

"爹告诉我，书房中有多年与人来往的秘密信件，这些信件毁不得，更丢不得。信件中有惊天的秘密，不能让人知道，所以连我和哥哥也不能进书房。但不知为什么会让你和双妹妹进去。"

我们没法告诉万凤，是我们觉得那是梁庄主探查我们底细的陷阱，只能笑了一下，表示我们也不知道。

"至于那小院，爹却没有说里面有什么，只说只有他和梁管家能进去，有个机关只有他和梁管家知道如何开启，还有一把钥匙放在书房的暗格里。好在爹把暗格的位置和打开的方法已告诉了我，然后他就睡着了。我已将此事告诉了六甲。"

"太好了，凤妹妹，真是有劳你了！对了，有关你们的身份凭证一事你可问了？"

"嗯，我知道六甲在门口，便小声地问过爹了。爹只醉着说：'我说你们是，你们便是，哪里要什么凭证？'然后就没再说此事了。"

我和妹妹对视了一眼，明白这里似乎是查问不出来了，我们更不可能去问梁万风。

"凤妹妹，我要如何谢你？"

"一哥哥，你不必谢我。"万凤淡淡地道，眼神中充满落寞，"再多吃几块姜片糕吧。"

"凤妹妹的手艺越发精湛了。我们何时可以去那小院？"

"你和我成亲的时候。"万凤眼神坚定地说道。

万凤走后。

"哥，她还是要嫁给你。看来，你只有娶她的份儿了。妹妹……先恭喜你了。"

"说什么傻话！她这么说，只有先答应她了。咱们也不确定那小院的通道能不能出山庄，万一是条死路，我们便在那里藏一藏。庄主肯定会派人到处去追寻我们，到时候我们再趁乱跑出去。"

"庄主发现钥匙不见了，肯定会去小院找我们的，咱们能躲到哪儿去？"

"谁知道呢，走一步看一步吧，你最近有没有预见到什么？"

妹妹摇了摇头，心事重重的样子。

三天后，山庄里张灯结彩，大家忙上忙下，都在准备我与万凤的婚事。

酉时，在我与万凤即将拜堂之前，六甲来到了御棠轩。

"一兄，二妹，这是钥匙，赶快走吧。"

"什么？现在走吗？万凤她……"

"小少主就是要你们在成亲的时候走——大伙儿都等着喝喜酒发赏钱，这时山庄的戒备最松懈。小少主之所以要与你成亲，就是在为你们考虑呀，你们不要误会她就是了。"

"原来是这样！万凤……她还好吗？"

"一兄，你不该问的。你既已决定离开，唉，小少主她……独自伤心地落泪一整天了。从小到大，我都没见过她这样。"

"我对不起她，待我们查清事情，我会回来给她交代的。甲兄……你照顾好她。"

"一定！事不宜迟，小院的守卫已被我调开了，我带你们速去。"

我换下喜服，与妹妹一身便装来到了小院门口，守卫果然不在这里。若非是小少主成亲的大事，谁能让这里空无一人呢？

我们直接翻墙进去，六甲看我和妹妹同时按住机关，树门打开，也感慨这机关的巧妙。

沿着通道一直向下，将钥匙插进石门，转动之后，石门果然打开，里面是一间石室。我们用火折子点燃了墙上的火把，石室一下子被照亮了。这间石室还算宽敞，中间只有一张石桌和四张石凳，除此之外再无一物，更没有门！这竟是条死路。

"一兄，你看这……既然出不去，我们还是赶紧回去吧。待会儿成亲的时候你若不在，就不好向家主解释了。"

"甲兄，先莫急，让我想想。"我瞧了一下妹妹。

妹妹已经心领神会地在四周的墙上摸索了，我和六甲也赶紧跟着一起摸索起来。只是良久，什么都没有摸到，四周的墙壁坚硬如铁。

我心灰意冷地坐在石凳上："这算什么！弄了个这么秘密的所在，竟然除了这桌凳，什么都没有！这里难道是关押犯人的私狱吗？好容易搞到了钥匙到了这里，却害我们空欢喜一场。"

"一兄，事不宜迟，我们还是回去要紧。"

妹妹一言不发，似乎在思索着什么；听到六甲说得抓紧回去，脸上又呈现了要哭的表情。

"哥，咱们出不去的，你回去成亲吧。"

"小妹，就算我与万凤成了亲，我也不会碰她的，你放心。"

"她嫁了你，便是你的妻子，你为什么不碰她？为什么要我放心？"妹妹瞪大了眼睛看着我。

被她这么一问，我的心像在油上煎一样，也顾不得六甲在眼前了。

"爹呀，这到底是怎么回事？我们现在该怎么办呀？"

我一边喊，一边用力地想掀起石桌。就在我搬起石桌的时候，桌子竟然转了一下。这一转竟然吓了我们一跳，只见旁边的石壁上有一块石板降了下去，出现了一个暗格。

我们赶紧过去，只见暗格里放着一个小竹筒，竹筒的盖子上面还封着火漆。我们对视了一眼，将火漆去除，打开了竹筒。里面有一张羊皮卷，我们展开后借着火把的光亮，看到上面写了一行字和一个火漆的指印。

那行字是"能与该指印核对无误的即是皇子"。

这一下我们震惊不小：如果这个羊皮卷写的是真的，那么我和梁万风，谁的指印对得上，谁就是皇子了；同时也可以证明，爹和梁庄主到底谁说的是真的。

眼下没有现成的火漆也不便比对，我打算将羊皮卷和竹筒带走。妹妹却突然说道："哥，先不着急带走，你把竹筒放回去。"

我没有明白啥意思，但还是按照妹妹的指令将竹筒放了回去。只听得旁边的墙上又有一块小石板降下，我们过去一摸，竟是一个小钥匙孔。

"刚才那个暗格的石板落下后，我听到这边的墙上也有动静，但刚才我们只被那暗格吸引了。在你拿下竹筒之后，我又听到了这边墙上有动静，这才让你把竹筒放回去试试。"妹妹说道。

"这还真是巧妙！竹筒离开了暗格，钥匙孔就会被藏住。想要用钥匙开门，就必须把竹筒放回去，钥匙孔才会显现。这样谁也不能带着竹筒从这扇门离开。"六甲惊叹道。

"就算是先打开了门，回头再拿竹筒，依据这里的机关设计，想必外面也会有其他的机关石闸落下。"妹妹推测道。

"一兄，赶快用钥匙试下这个孔，看能不能开门。先离开此地要紧！"

"对！"

我赶忙用钥匙试了试，但是根本转不动。既然可以拿到这个羊皮卷，我们不从这里出去也罢。

就在我想重新拿回竹筒的时候，一个娇柔的声音突然传来。

"一哥哥，你们，我……"

是万凤！她的身影出现在门口，她为什么会来这里？

"凤妹妹，你……"

"凤姐姐，你终究是舍不得我哥，想和他一起走吗？"妹妹问道。

"哈哈哈，是我舍不得你，我的小心肝！"

是梁万凤！

只见万凤被梁万凤从后面揪住发髻，一脸痛苦地被推进了石室。

"放开她，她是你妹妹，你怎可如此？"我怒道。

"好小子，竟然敢逃我妹妹的婚！你视我万凤山庄上下为何物？六甲，还有你，你也活得不耐烦了吗？"

"你先把万凤放开！你为什么会在这里？"说话同时，我看了眼六甲。

料事如神

"一兄，我确实不知消息是如何走漏的。大少主，你……先把小少主放开吧。"

"六甲，你也敢命令我吗？哼，就凭你们几个和这个不要脸的小贱人，想瞒得住本少主？不，不，应该说是本皇子。"

"大少主，你说什么？皇子？"

"反正天下马上就是我的了，你们也活不了几时了，说与你听也无妨。不错，我就是现今皇帝遗在宫外的皇子！凤儿这个死丫头就是公主！我早就和爹说过，女大不中留，女儿再亲早晚也是别人的，胳膊肘一定会向外拐，要爹对凤儿多加防范。爹那个老糊涂就是不听我的话，从小对凤儿娇宠惯了，什么都由着她来，现在连婚事都由着她自己做主，把自己许给一个来历不明的小子。六甲，你是我爹世交的孩子，本来凤儿和你成亲，我虽觉得你不配，但也总好过这个野小子。你从小到大喜欢的凤儿被他抢走了，你竟然还帮着他们，你是不是蠢货？"

"大少主，你说什么？我没有……"

"梁万凤！你怎么就敢断定你是皇子？你先放了万凤，难道你还要杀你妹妹不成？"

"我爹说我是我就是，就算她是我妹妹，挡我的路我也不会留情！这个死丫头今天一天都不对劲，明明是喜事，却哭丧个脸，我就知道一定有问题！这整个山庄都是我的人，我想知道你们干什么还不容易？我一直派人跟着你们，成亲的时候你没到，我就知道你们来了这里，便把凤儿这个死丫头一起抓了过来，待会儿好让爹看看他的宝贝女儿都做了什么背叛山庄的事。你们刚才的对话我听到了一些，那个竹筒里有我身世的证明是不是？你们是拿不走的。"

"一哥哥，对不起，我……还是害了你。"万凤哭着说。

"凤妹妹，这不关你的事，你为我做的已足够多了。"

"梁万风，你到底想怎样？"妹妹冲他喊道。

"怎样？这容易，你让你哥将六甲点住，然后自己将双臂废了。你去把竹筒给我拿过来，然后将自己衣服脱掉，让我在这里与你先成了好事，哈哈哈。"

"你！无耻！"

"不然的话你们一个也别想活！现在外面全是我的人，万凤这丫头也在我手里，我可以先杀了她，让你们眼睁睁地瞧着。你们还不照做？"梁万风说着，手已变成鹰爪，掐在了万凤的脖子上。

"且慢！梁万风，据我所知，你并不是真的皇子，这事你最好还是弄清楚了再说，别弄巧成拙，枉送了你自己的性命。你知道，你不是我的对手。"

"我是打不过你，那又怎样？你敢把我这个皇子怎样？爹一定会助我。等你死在了山庄，谁还敢质疑我的身份？只是你的妹妹，她这么漂亮，我可真是舍不得弄死她，我还

料事如神

要和她慢慢地玩呢。"

"梁万风，你想要我，可以！你先告诉我，驸马派在山庄里的奸细和你有没有关系？"妹妹说着，已经将外面长衫的衣带解开了。

都什么时候了，妹妹还要套他的话，倒是她的沉着确实让我吃惊。六甲听了妹妹的话也一惊，以为妹妹真要为救我们委身于梁万风，刚要说话被我用眼神制止了。

"好，你把外衫脱下来我就告诉你！"梁万风盯着妹妹，喉咙里咽着口水。

妹妹没有犹豫，把外衫脱了扔在地上。

"小贱人，果然听话！哈哈哈，待会儿有你瞧的。不错，驸马的奸细确实在山庄里，但不是别人，正是本皇子！"

"哥，你既然是皇子，为什么要帮着驸马助纣为虐？驸马是有野心的呀！"万凤被扯着头发，仰着头问道。

"住口！你知道什么！爹那老糊涂既已告知了我的身份，却又总说要等待时机。江山是我的，我凭什么要等？驸马根本不知道我的身份，他那时只想拉拢武林豪杰为他竖起义旗，帮助他举事。我正好借此为由靠近驸马，不过是放几个消息给他，好先借他的势力除掉障碍，然后再趁他不备，将他除掉。最后，我会以皇子的身份、除奸的功劳，光明正大地继承皇位。爹不敢做的事，只有我自己来做。"

"你只是一个山庄的少主，一个武林中人，驸马凭什么相信你？"我问道。

"因为我将我妹妹都舍了出去，他凭什么不信？"

"你说什么？"我们几人几乎同时喊出声。

"不错！凤儿去给京城送信的事，就是我通知驸马去拦截的。六甲你去取信回来的事，也是我透露的。山庄里藏着皇嗣的事，也是我泄的密，我虽没有说明是凤儿，但驸马一定想不到我也是皇嗣。那两个驸马的特使，也是我让他们来要走凤儿的。驸马起初会怀疑我，但是现在应该不会了。哈哈哈，还是那句话，谁挡我的路，谁就是敌人！亲妹妹又算得了什么！"

"哥……哥……你竟然……啊……"万凤一时受不了刺激，声嘶力竭地喊完，差点儿晕过去。

"梁万风，你果然是个畜生！想让我委身于你？别做梦了！"妹妹说着，捡起地上的外衫穿上了。

"着急穿什么衣服？反正一会儿还得脱下来。事情你们也都知道了，乖乖按我说的做，今天晚上本皇子玩爽快了，可以考虑让你们死得痛快一点儿。"然后梁万风对着我道，"你放心，你妹妹我会好好照顾她的，哈哈哈。六甲，你是不是也喜欢她？今天也让你得见得见眼福。"

"好风儿！你真是爹的好儿子！你胆敢做出这种事来！来人啊，还不把他给我拿下！"梁庄主的声音从甬道里面传了过来。

———————————— 料事如神

"爹！我可是皇子，你虽然不是我亲生父亲，但我对你还算敬重。将来我当了皇帝，可以封你当个王爷，但你要是阻了我的好事，可休怪我翻脸无情！"

"你这个孽障！来人，快将他拿下！"梁庄主已走到了门口。

"梁庄主，万凤在我手上，你敢用强？"

"你莫伤了凤儿！"

梁庄主一时投鼠忌器，我和六甲快速对了个眼神，趁梁万风分神的工夫，同时冲了上去。

六甲用一招"猫扑蝶"攻击梁万风的腰部和他抓着万凤头发的右手，我同时甩出盘龙棍，用一招"关帝刀斩"去切梁万风掐住万凤喉咙的左臂。这一配合使梁万风猝不及防，只见他一把将万凤向我们推来，转手去将石门用力关上，将梁庄主关在了门外。

我们急忙收招，接住了万凤，再寻梁万风时，他已从暗格将竹筒取走，将后背贴在一边的墙壁上。

"你们若是过来，我就将这羊皮卷烧掉。"梁万风说着，已将羊皮卷拿出靠近墙上的火把。

"烧了它，谁还能证明你是皇子？你的皇帝梦就做到这儿了。"

"哼，就算我出卖了山庄，我爹也一定会助我登上皇位的，不然他这些年的心血都白费了。有没有这羊皮卷根本就不重要！倒是我要告诉你们一件事，这石门从里面关上，除非是从外面用钥匙打开，不然我们谁也出不去。"

"爹一定会打开门救我们的！哥，你收手吧，你斗不过他们两人的。虽然你害我，我再恨你我也是你妹妹，我不希望看到你殒命。"

"钥匙只有一把，这秘密我早就知道了。现在这钥匙在他们身上，爹上哪儿去找另一把钥匙？再告诉你们一件事，后面这扇门只有我知道如何打开。所以，你们不想困死在这儿的话得听我的。"

"就算困死在这儿，也别想让我们听你的！六甲，我们上！"

梁万风知道羊皮卷的重要，终究没有真烧了它。见我们二人合力攻击，他只有腾挪躲闪，伺机还想抓住妹妹或万凤作为人质，好逼我们停手。我们哪能容许他的想法达成，一边与他游斗，一边护着两位姑娘。

"你两人还不罢手，是要与本皇子同归于尽吗？"梁万风大叫道，他气力已渐渐不支。

"大少主，我们不会把你怎样，只要你告诉我们出去的方法，且别伤害小少主和二妹就行。"六甲一边架势，一边回道。

"我说过了，你们按我的……什么，你？"

梁万风还未说完，我已趁他分神的工夫移到他身前，想用截节劲让他失了抵抗。我的手已搭在了他的手腕上，刚要发力，妹妹看出了我的动作，急忙喊道："哥，不可！"

我控制住了力道，在梁万风的神门穴上一捏，他的手臂即刻垂了下去，我一把将他反臂锁住。

"哼，你虽敢伤我，但终究不敢杀我。我偏不说出开门之法，你们能拿我怎样？"

"小妹，你记不记得人身上有个穴位，点住之后全身会又痛又痒，求生不能，求死不得。我们要不要在他身上试试，看看是不是传说中的那样？"我对妹妹说道。

"好啊，哥，我还没有见过那是什么样子的，你快试试。"妹妹心领神会。

"哎呀，就怕我找穴不准，力量控制不好，再把他给点死了。不过就算在这里杀了皇子，也不会有人知道，何况出不去我们都活不了，拿我的命换皇子的命，也值了！"

我说完就要作势动手，梁万风眼看命悬，怕我真的点他，急忙说道："且慢！我，我说就是了，反正出去后你们也跑不了。"

"那墙上有个钥匙孔，你说能出去，想必你有钥匙，可是你的钥匙是哪儿来的？"

"看来骗不了你们。没错，我确实有钥匙！这小院我早就打它的主意了，却一直没有找到进来的方法。有一次我无意间听到了爹和梁管家的对话，说进来的钥匙和出去的钥匙在他二人身上各有一把。爹的那把我没有找到，但是梁管家的那把不久前被我弄到了。爹他们并不常来这里，想必梁管家根本不知道钥匙已在我手上。"

"钥匙在哪儿？交出来！"

我给六甲使了个眼色，让他把竹筒抢过来放回暗格里。

"钥匙在我胸前的内袋里，你拗着我的手，我没法拿。"

妹妹和万凤听他说完，便机警地退到了六甲那边。我放开了梁万凤的手臂，只见他的手慢慢地深入内袋，似拿着什么东西往外掏。我只当是钥匙没作他想，不料，他却掏出了一包粉末，对着我们就是一撒。

"是药粉，大家小心！梁万凤，你卑鄙！"

我反应过来是中计了，待要和他们一起防范也为时已晚。这石室的空间有限，大家也无处可逃。梁万凤撒完后退向一边的墙面，我还在想他这么撒药，自己不也是逃不了吗？难道这不是毒药？

我们都捂住口鼻退在一边，暂时没有动作。我急忙提醒妹妹用爹教的心法运功，以抵抗药效的流转。果然过了一炷香的时间，我和妹妹感觉身上并无中毒迹象，只是气力有些提不上来。这药粉果然厉害，但是我们未动声色。

可这时，我们再看六甲和万凤，他们的情况似乎有些不对劲了。呼吸逐渐急促，脸颊上也带着红晕，虽然他们使劲摇着头使自己清醒，但还是感觉他们中了迷药。梁万风的状态也是如此，想必他自己没有带解药，一边喘着粗气，一边在那里冷笑。

"大少主，你到底做了什么？"六甲忍耐着问道。

"哼哼，这可是从西域弄来的'迷情散'，不管男女，沾了它就会叫人情难自禁，唯有行了云雨之事方可解毒。本少主不知用它采了多少姑娘，她们都是中了这药粉求着本少主宠幸的。解药我肯定是没带的，本少主要做的事情，谁也拦不住。"

"你说什么？你妹妹也在这里，你！"我怒道。

"我只想要双儿这小贱人，至于其他人我可管不了。我早就想用这药对付她了，待会儿双儿就会自己求着做我的皇子妃了，哈哈哈哈。"

妹妹对我使了个眼色，我知道她中毒不深，爹教的心法果然管了大用，但眼下却使不出武功，还是得服用解药才行。

墙上的火把忽明忽暗，石室里虽然不是密不透风，但是空气也在慢慢减少，大家已经闷热到汗流浃背。我刚要提醒六甲和万凤稳住心神，可是转头一看，他俩的神情已经迷离。

"六甲！凤妹妹！"

"一哥哥，我要，快给我！"万凤说着已向我扑了过来。

"二妹，我，我喜欢你，你跟了我吧！"六甲也扑向了妹妹。

"六甲不可！"我急道。

我一边想摆脱万凤的纠缠，一边想去拖开六甲。

"哈哈，别挣扎了，没用的。小子，今天就让你和我妹妹在这里圆房。六甲，今天就让你跟本皇子一起快活快活，可是你要在我完事之后才可。"梁万凤说着也扑了过来。

"不要！"

妹妹大喊一声，可六甲已扯去了她的外衫。

"万凤，你放手！"我一边着急呼喊，一边怕伤了万凤。万凤已将我扑倒在地，嘴已亲了过来，一只手按着我，另一只手在脱自己的衣衫。

"放开我，不然，不然我要使截心指了！"妹妹大声地喊道。

"妹妹不可！"我怕她杀了六甲和梁万凤。

这时，六甲已将妹妹的内衣拽下，梁万凤也拽下了妹妹的裤裙。妹妹已经一丝不挂了，在极力地挣脱。

我突然发力将万凤朝六甲推去，起身顺势拉起妹妹退到另一边的墙角，又将墙上的火把熄灭了，石室里瞬时黑成一片。妹妹没有衣服，靠在我怀里缩成一团。由于刚才的动作过大，我们都分了心神，这会儿感觉药劲上侵入脑，妹妹也已有些娇喘。我忙告诉妹妹要克制住心神，自己也忙运功抵抗，但我们却不能再动了，再动就抑制不住药力了。

六甲接住万凤以后，因为神志不清和黑暗的关系，他把万凤当成了妹妹，万凤也把六甲当成了我。他们竟自顾自地云雨起来，我们却无力再阻止了。看来一切都是天意！

在我拉起妹妹的时候，梁万风一扑没有扑到，却扑在了万凤的身上。黑暗中，他扒起了万凤的衣衫，被六甲使劲一脚给踹到了一边，这会儿又寻着妹妹的体香摸了过来，摸到了妹妹的腿上。妹妹"啊"的一声失魂惊叫，随即用刚刚在暗格里顺手抄到的竹筒砸在了梁万风的头上，把他砸晕了过去。由于妹妹刚又使了力气，神志已渐渐不清了。

"哥，我要你！"

"别胡说！就算……也不能在这里！听话，快运用爹教的心法口诀！"

妹妹一边努力做到心无杂念，一边不断往我身上靠近。我不能点晕她，不然黑暗中我听不到她的声音，也不知梁万风会不会醒来，变数太大！那边六甲和万凤肆意地宣泄娇喘，喊的都是我和妹妹的名字，我也只能使劲捂住妹妹的耳朵，不让她再受影响。

妹妹光滑的肌肤和幽幽的体香，让我也很难把持。我念诵口诀运功之余，还要和妹妹聊小时候的事，和她探讨佛家经典。大约一个时辰之后，妹妹的欲火渐渐平息了，六甲和万凤那边也恢复了安静，梁万凤依旧没有醒来。此时我方敢将外衣脱下披在妹妹的身上，妹妹渐渐地睡去了。

又过了半个时辰，石室的出口突然被打开，梁庄主带着人举着火把就进了石室。

"风儿，你这个逆子！"

梁庄主话没说完，见到石室内景象，一下就顿住了。只见我抱着衣衫不整的妹妹，梁万凤趴在一边，六甲和万凤裸着抱在一起。

"都出去！都退出去！"梁庄主喝道。

"庄主，请你也先出去！留一个火把放在地上。"我说道。

"好，好。"

我叫醒了妹妹，让她把自己的衣裳穿上，又让她把万凤的衣裳穿好。我又把六甲的衣服给他穿上后，把梁庄主叫了进来。

"你们……竟然做出……"

"庄主！事情并非你想的那样。这一切都要问你这个皇子儿子！我和妹妹终究守住了清白，但是六甲和万凤却……我没有帮得了他们。先把他们送回去吧，解药还要找梁万凤拿取。"

"风儿他……"

"他没死，只是晕过去了。庄主，我还有事和你说！"

"好，老夫也有事要和你说。只是，你需不需要先休息？"

"无妨！我们现在就可以。"

"来人！送大少主他们回房！云山，看看他们中的什么毒，派人在风儿的房间里找解药。"

"是！"

"都退下吧！"

"是。"

石室里只剩下梁庄主和我们兄妹二人。

"唉，家门不幸，家门不幸啊！今天本是你和凤儿大喜的日子，没想到……没想到……唉，还是便宜了六甲那小子。一贤侄，你看这……"

"庄主，此事不打紧。这也许是万凤最好的归宿，也是她和六甲的缘分。"

"难道你终究没有看上凤儿？你若不嫌弃，老夫可以让六甲……"

"庄主，事已至此，君子不夺人之美。我相信六甲会好好待万凤的，万凤……也会喜欢上六甲的。眼下我还有重要的事要讲！"

"老夫知道你要说什么！石室的事情你既然已看破，也就没什么好隐瞒的了。你来看看这是谁？"

梁庄主说着，朝门口恭敬地挥了挥手，然后走进来一个人，身影非常熟悉。

"爹！"

"爹！"

我和妹妹异口同声。

没错！是爹来了。

"你们的事情办得如何了？二璇，你们还好吧？你哥他……没有欺负你吧？"

妹妹一下扑了过去，扑到了爹的怀里，放声大哭。

"怎么出门才几日，竟学会哭鼻子了。"爹安慰她道。

"爹，你这是……原来你和梁庄主是一伙儿的。"

"你们不知道，这石室本就是给你们爹一人造的。这石室的秘密，只有我和张大人知道，云山虽为我建了这石室，可这秘密连他也不知道。"

"庄主，你说的秘密是指那个竹筒和里面的羊皮卷吧。"

"没错！正是那个。那可是关乎国运的东西！此事稍后再讲，先说说我和张大人的故事吧。"

梁庄主让我们都在石凳上坐下，缓缓地道出了事情的原委。

"当年老夫还是一个初学乍到的游子，仗着三尺龙泉行走江湖。那时老夫胆子也大，天不怕地不怕，到处行侠仗义，帮了不少人，也得罪了不少人，但得罪最多的还是官

——————————料事如神

府的人。当官的有几个是干净的？老夫撞破了他们不少的脏事，也为百姓出了不少的恶气。渐渐地，老夫在百姓心里有了名望，绿林的英雄也都会给老夫几分薄面，但是官府却当老夫是眼中钉肉中刺，非要置老夫于死地不可。有一年，地方向朝廷纳税银，派了官兵护送银车到帝都，绿林的响马盯上了这笔横财，欲计谋抢夺。老夫虽然得知了消息，但一来官府的税银与老夫无关，二来老夫也不愿与绿林的朋友为敌，索性佯装不知。怎知这伙响马竟是与官府勾结的，抢了税银分赃不说，还把此事扣在了老夫的头上。皇帝知道了很生气，便派张大人来调查此事。张大人找到老夫时，老夫正中了敌人的埋伏，被伤得奄奄一息，是张大人出手救了老夫。而后张大人又替老夫疗伤，在细细盘问老夫之后，他便知道此事并非老夫所为。老夫为报答张大人救命之恩，便动用所有的关系，助张大人破了此案，追回了所有的税银。在抓捕贪官和响马的时候，张大人又救了老夫于冷箭之下。后来老夫便有心追随张大人成就一番事业，但张大人却拒绝了，还把皇帝赏赐的千两黄金和万两白银都给了老夫。后来老夫就用这钱建起了这聚风山庄，也就是现在的万风山庄。张大人的意思是，想成就一番事业不一定非要在朝廷，绿林也需要有人统领整治，一样可以为朝廷效力。张大人还把毕生所学之精华传于老夫，老夫对张大人是感恩戴德，一天都不敢忘记张大人的教诲。老夫没有懈怠，靠一己之力成就了山庄的名声，在绿林中也算是一呼百应。直到有一天，张大人带了两个孩子来见老夫，告诉老夫说这是两位皇嗣，事关将来的国运，要同老夫一起做一件大事。能为张大人效力，老夫是誓死从命，但此事的重要性大过于天，不能泄露的同时还需要步步疑阵。于是张大人和老夫定了个计策，就是让所有的人都不知道皇子和公主到底是谁。"

"庄主，你不是说皇子和公主是梁万风和万凤吗？我爹说……我爹说皇子是……"

"张大人说你是皇子，是不是？"

"难道我不是？如果我不是，那我就是我爹的孩子，你又为什么说六甲是爹的孩子？"

"这就是老夫和张大人布下的疑阵。知道风儿和凤儿的名字为什么这么相似吗？他俩确实是老夫的亲生骨肉。因为老夫要给人一种假象，万一哪天消息走漏了，有人查到了山庄与皇嗣有关，他会猜测是不是老夫的两个孩子，或者是其中的一个，但具体是谁他却猜不出来。到时如果非要交出一个孩子，老夫也只能忍痛……索性老夫就告诉风儿他是皇子，要利用万风山庄积攒的势力扳倒太子的力量，这样一来就可以吸引敌人的目标，保护真正的皇子。老夫本不想把凤儿牵扯进来，奈何驸马的手已伸到了山庄里，更想不到这一切竟然是凤儿勾结所为。唉，是老夫害了她呀。"

我和妹妹刚要提问，爹就发话了。

料事如神

"所以你们俩的名字也很相像，不是吗？"

"难道我们也是为了掩护两位皇嗣才……"

"没错！但你们两人之中，有一个真的是皇嗣。爹也只能用自己的孩子去换取公主的安全，爹也是不得已呀……"

"什么？爹，你刚说换取公主的安全，是公主？"我忍不住好奇道。

"是公主。二璇，你哥他……不是皇子，而你才是真正的公主。"

我和妹妹如同被雷击到。

"爹从小就让你哥睡在你的外屋，就是让他从小就习惯要寸步不离地保护你。"

"爹，他是不是我亲哥？"

"傻孩子，你是皇帝的女儿，大玄是我的儿子，他怎么会是你亲哥？"

"那就好，那就好。那爹，我的亲哥是谁？"妹妹说完"那就好"之后，发现自己说了不恰当的话，赶紧转移了话题。

"你们先别急，听老夫接着说。自从老夫怀疑山庄里出现了奸细之后，就觉得皇嗣的事情已瞒不住，便连夜派人给张大人送信。张大人也连忙派人回了信，说已让你二人上路往这边来寻公主，并从帝都那边派人过来与老夫商议对策。为了确保消息可靠无误，老夫也要向帝都发信核实才行。这就是六甲与凤儿送信的缘由，也险些害了六甲和凤儿。后来帝都来的使者就是张大人的老部下，但他们仍不知道皇嗣的身份。你二人来到的时候，我看一贤侄，哦，是玄基贤侄，你的神色与张大人颇为相像，救凤儿的侠气也与张大人如出一辙，但我当时心中仍不敢断定，所以让山庄的武士和凤儿试了你的身手，看你会不会露出张大人的绝学武功，但是贤侄你隐藏得很深。在老夫派人寻访你口中的叔叔和堂妹无果时，老夫就知道你们身上有秘密。老夫特意让你进书房，就是看你会不会露出什么奸细的马脚，你们救凤儿一事是不是安排的预谋。直到两位特使来到，老夫与他们详细地描述了你二人的特征，沈捕头才确定贤侄你就是张大人的孩儿无误。"

"你既已知道我不是皇子，为何还要把万凤……许配给我？你既已猜到我妹妹是公主，为何还想给梁万凤提亲？"我不解地问道。

"这也是老夫的一点儿私心。老夫本想让凤儿嫁给真正的皇子，将来做个皇妃也不错，不用跟着老夫天天担惊受怕的，可是后来一想，自古宫墙如牢墙，凤儿进了宫就真的能幸福吗？怕是老夫以后也见不到她几面了。你毕竟是张大人的孩子，凤儿又是真的喜欢你，老夫更愿意与张大人结秦晋之好，所以才……不料造化弄人啊。至于凤儿，也是老夫的一点儿私心，想让他做个驸马便了，但是老夫知道，他不配！"

"庄主，你刚刚说想让万凤嫁给真正的皇子，他也在这里？那他是……"

"不错，你们猜出来了，就是六甲！"

"什么？六甲是皇子？！这怎么可能？"我和妹妹同时说道。

"六甲的确是皇子！为什么叫六甲而没有姓氏，是因为他爹是皇帝，我们哪敢让他随我们的姓？六甲取的就是六丁六甲，四值功曹在天守护之意，也是遁甲隐藏之意。你们想问为什么让六甲参与了山庄很多事，并且遭遇了危险对吗？因为他是皇子，是将来的皇帝！他做这些事，一是为了掩人耳目，谁也不会怀疑一个少主的手下是皇子；二是为了让他历练，丰富他的眼界，磨炼他的品性，只有经历过风霜和艰险，将来才能保得住自己，保得住天下！我们也真是用心良苦啊。"

"原来是这样！六甲竟是我的亲哥哥！刚才……好险啊……"

"他……也是一无所知。现在知道你和六甲为什么长得像了？当初张大人将六甲托付于老夫时，就交代不到关键时刻，不要告诉六甲他的身世。这个石室就是为了藏着六甲身世的秘密，以及紧急情况下老夫与张大人能有个见面的地方。石室的出门钥匙在云山的身上，但是风儿不知道的是，只有一个人可以从外面的机关打开出口的门，那个人就是张大人。张大人若与我见面，必定会从山庄后山的路进来，距离山庄的正门可有几十里的路程。我若与张大人见面，就用钥匙从石室的入口进来，再用钥匙打开出口送张大人出去。经过今日这一遭，这石室算是没有用了。"

"那竹筒里的羊皮卷是？"

"那羊皮卷不值什么，上面印着皇子指纹的火漆才是关键！那指纹是六甲小时候印上去的。人的指纹是不会变的，他那时还太小，早已经不记得这事了。这是我与张大人共同见证的事，这特殊的火漆也是张大人的独门秘方，其他人是伪造不了的。为了避嫌，张大人特意将皇子放在了老夫这里，这也是我与张大人确认皇子身份的凭证。同样的，公主你的火漆指纹在张大人那里。"

待梁庄主说完，爹便从怀里将另一张羊皮卷拿了出来。

"你们俩将皇帝赐的信物拿出来。"爹向我们说道。

"二璇，这块公主的玉牌你自行保管好。梁庄主，这块皇子的金牌，你找个时机交给六甲吧。"

"是，张大人。"

"爹，你怎么知道我们会来万风山庄？"妹妹问道。

"我知道你们会来的，你们若不来，我也会有办法的。但是敌人却不知道你们是谁，会去到哪里，这样就给了我

料事如神

时间安排别的事情。"

"爹，你接下来要去哪儿？我们要如何？"我问道。

"我要进帝都一趟，你们继续待在这里。梁庄主，等我的消息，到时我们会需要很多人手。"

爹向梁庄主深深地望了一眼，似乎交代了很重要的事情。

"放心，老夫会保证他们的安全。风儿他……老夫会处理好的。"梁庄主领会道。

"好。"

爹走了。

我和妹妹虽已无大碍，但还是服用了解药。这几天连续遭遇突如其来的变故，历经惊险，得知真相后，我们却谁都没有说话，只想安静地睡一觉，平复一下心情。

次日，梁庄主过来将石室的两把钥匙都交给了我们。

"贤侄，公主，老夫虽答应张大人护你们周全，可万一接下来有什么变故，你们就从石室逃走，去帝都找张大人会合。一旦那样，说明老夫已拼了这条老命，也算是与张大人有了交代。"

"庄主，你……"

"无妨。风儿那逆子已被老夫关了起来，他毕竟是老夫的亲生骨肉，何况又是老夫将他害至如此……老夫代他向你们赔罪了，还请你们原谅他。将来……"

"庄主放心，只要他肯收手，我们不会为难他的。"妹妹接话道。

"六甲和凤儿已经醒来服过了解药，他们……已不知如何面对你们，也不知如何面对这件事。凤儿很伤心，她不愿意相信已发生的事。老夫怕她想不开，可这女儿家的羞事老夫又不便提起，只有让她娘好好和她说了。这几天你们若见了她，也好好劝劝她吧。"

我见庄主很为难，也不知该如何接口，妹妹却说道："庄主，凤姐姐她会没事的，我会去开解她。"

"还有一事。"梁庄主说着拿出了金牌，"贤侄，这金牌还是由你代六甲保管为好，现在的处境仍未明朗，老夫怕万一……还是先不要告诉他身份的事。"

我接过了金牌："侄儿明白。"

"哥，昨晚我见到，我们会与驸马兵戎相见，场面太乱了，你浑身是血，你……我怕。"妹妹担心地道。

"我不会有事的，我们还有重要的事没有完成。"

我说的是平乱的事，妹妹可能想到了昨晚在石室的事，脸上登时羞红。

"你，你坏死了……"

"咳咳，你想哪儿去了。你今天要不要去看看万凤？"

"让凤姐姐再平复一下吧，不然我怕她会无地自容，女儿家的心思你不会懂的。"

"那我们去找下六甲？男人的脸皮总是厚一点儿吧。"

庄主已吩咐上下，我和妹妹可在山庄里随意走动。到了六甲那里，妹妹留在院子里待着，并没有进屋。六甲感激地望了望我。

"甲兄，你……还好吗？"

"一兄，我……我差点儿对二妹她……我实在是无颜面对你们。小少主我也……"

"甲兄，此事怨不得你，我和舍妹都没有放在心上。不过万凤……事已至此，你确实要给她一个交代，做些男人该做的事。这大概就是你们此生的缘分。她那边，舍妹会去说的。万凤很好，你们又是青梅竹马，娶了她不会辱没了你。"

"一兄，我怎敢嫌弃小少主，能够娶她是我的福分，只是……只是……"

我知道六甲对妹妹并没有死心，但是他与万凤已做了这种事，还是在我们面前，这让他再难开口其他的事。

"自古世事两难全，甲兄，你明白我的意思。"

"是的，我明白。"

"眼下山庄事急，甲兄还要打起十二分的精神。待事情一过，你与万凤的婚事自有人主持。"

晚上，梁庄主带着六甲来到御棠轩与我们共进晚膳。席间梁庄主只道是给我们压惊赔礼，缓解六甲对妹妹的愧疚，和对六甲与万凤婚事的默许，并没有提及其他的事。六甲一直坐在那里，未发一言。

"甲兄，明日你和我们一起去看凤姐姐吧，有些事还是要你亲自与她说的。"妹妹打破了六甲的沉默。

"这……我知道了，我会去的。"

次日傍晚，我们约上六甲来到了梨雨小筑——万凤的堂院。妹妹让我们先等在外面，自己先进去探探万凤的口风，昨晚听庄主说万凤哭了一阵之后，情绪渐渐地稳定了下来。

想到万凤遇到这样的事，我心里也很难过。要说我对万凤一点儿私心也没有是不可能的，我的确也很喜欢她，但世事难料，有许多的身不由己。六甲木然地站在那里，恭喜他的话我一时说不出来，就这样安静地陪着他。

我和六甲在院门外面等了良久，还未见妹妹叫我们进去，不知她们说到了何处，又不便进去唐突打扰。突然，我们感觉院里面没有了任何动静，连下人走动的声音也没有了。我和六甲一下警惕起来，冲进了院门，只见鹂儿和雁儿昏倒在地上。

我们喊了几声，当屋里无人应答的时候，便知道出事了，冲进屋后发现屋里空无一人，妹妹和万凤都已不在了。我和六甲顿时大窘起来，顺着院墙找到痕迹便跟了出去。

沿途六甲碰到武士就喊道："快去禀报家主，小少主出事了！"

妹妹和万凤应该是被人迷晕后翻墙扛走的。我们一路追踪地上略深的脚印，可脚印的痕迹却通往了庄主书房的方向。就在我们到达书房的时候，庄主接到消息也已赶来，他说让他来书房的人正是梁万凤。

果然是他！我们要冲进去救人。梁万凤那淫徒，什么事都做得出来，我怕晚了妹妹会……庄主却拦了我们一下。

"凤儿，你竟然私自从禁闭出逃！你要干什么？快把人放了！"梁庄主隔着门冲屋里喊道。

"爹，你忘了山庄里的武士都归我管辖了吗？我可是聚风堂的堂主！他们谁敢违抗我的命令！人嘛，我是不会放的，我还有心愿未了，但是事情也不急在这一时办。我知道六甲他们两人就在门外，恨不得立时将我拿下，但现在，爹，我要让你一个人进来，我有话和你说！他们两人要是敢闯门，我就杀了这两个丫头，大家鱼死网破！"

"好，爹一个人进来，你莫伤了……莫伤了你妹妹和双儿姑娘，更不得对双儿姑娘无礼，你听到了吗？"

梁庄主说完，转身向我们示意道："你们两人千万不可冲动，别害了那两个丫头。老夫知道风儿此时不会伤害她们，他有谈话的筹码。老夫先进去会会他，你们两人在外面见机行事。老夫保证，他动不了你妹妹。"梁庄主坚定地看向我。

我点了点头。

"风儿，爹进来了。"

梁庄主推门进去，然后转身关上。我立刻附耳过去，贴在门上，并告诉六甲安排亲信做好救人准备，六甲急忙转身去吩咐手下。

"风儿，你为何要一错再错！万凤是你的亲妹妹，双儿姑娘你更是动不得她，你到底要如何？"

"爹，我问你，我到底是不是皇子？"

"风儿，是爹的错，爹不该骗你！"

"你胡说！你为什么要骗我，皇子的事也可以用来撒谎的吗？"

"爹是为了……是爹对不起你。你想怎么怪爹都行，把双儿姑娘和你妹妹放了吧。"

"爹，你看她俩躺在你那个虎皮卧榻上，睡得正甜呢。我现在放了她们，她们自己也是走不了的。爹我问你，真正的皇子是谁？"

"这……爹不能说。"

"是不是六甲？"

　　　　　　　　　　　　　　　　料事如神

"你知道了？啊，不，不是他。"

"爹，你还是没有我聪明。只有聪明的人才可以当皇帝，六甲他算个什么东西！"

"风儿，你只要保着六甲当了皇帝，爹保证他会好好赏赐你的，你一样是高官厚禄，荣华富贵，什么样的女人没有？乖，听爹的话。"

"住口！爹，我为什么要保着他当皇帝，我自己当不得吗？你以为我勾结驸马是为了什么？我要的是全天下的女人随我选，谁都不得违抗我！"

"风儿，当皇帝是要为天下百姓，要有至高的德行。你，你不配的，别再做梦了。"

"爹，我已想好了对策。我们把张大一那小子说成是皇子，把他交给驸马，让驸马拿他去要挟皇帝干掉太子。然后我们入帝都，你再亮明我才是真皇子的身份。咱们平定驸马之乱，你助我登基，然后你做你的太上皇，双儿做我的皇后。万一此计失手，我们将六甲扣在手中作为人质，一样可以要挟皇帝将皇位让给我！"

"风儿，你真是疯了！"

"爹，我最后问你一次，你帮不帮我？"

"风儿，爹不能帮你，你收手吧，还来得及！"

"好，爹，既然这样，恕风儿不孝了。"梁万风说着跪下。

"风儿，你这是……"

"请爹喝了这杯茶，受我四拜，从此我们父子恩断义绝。以后我自己去谋大事，不敢再劳梁庄主挂心！"

"你，你，唉，好吧。"梁庄主犹豫良久，接过茶喝了。

"哼，爹，是你逼风儿的。"

"什么？难道你给爹下了毒？"梁庄主将茶杯扔到了地上。

"爹，我怎么会毒死你，这么大逆不道的事情我怎么会做？我只不过在茶里放了点儿我最喜欢的佐料。"

梁庄主此时感觉一股热气上涌，全身开始冒汗，欲望已被激起。

"你给爹下了迷情粉？你这个混账！"

梁庄主看了一眼榻上的万凤和妹妹，明白了什么，说着就要往门外走。

"爹，你此时敢出这个门，我保证对她们是先奸后杀，连凤儿也不放过！"

"你这个畜生！凤儿是你亲妹妹！双儿姑娘是……"

"爹，她俩一个是你的亲生女儿，还有一个，我没猜错的话，就是公主吧。你可以……哼哼，不过不管爹你怎么做，你这辈子都没脸见人了，只会有杀身之祸。所以爹，你只有做了太上皇，才能让天下的人都闭上嘴。"

"住口！无耻的逆子！你爹不会做出这种事！你说得

　　　　　　　　　　　　　　　　料事如神

对，老夫已喝过了茶，从此我们不再是父子！"

我在门外听得心急如焚，六甲刚刚带了人过来，他还不知道屋里发生的事。

"六甲，庄主怕是……活不成了。等下我们一起冲进去救人。"

"你说什么？"

六甲还没有反应过来，只听见屋里传出一阵拔刀的声音。

"爹，你要杀我？省省力气吧，你现在杀得了我吗？"

梁庄主手里拿着匕首，一下扑到了榻边。

"这就对了，爹，要玩得尽兴点儿。"

我以为梁庄主难以克制药力，要对妹妹她们做出不轨之事，正准备要破门而入。

"爹是杀不了你，但是爹还不能杀了自己吗？"

梁庄主说着就将匕首插入了自己的胸膛，然后再拔出对着梁万风，在榻前护着她们两人。梁万风没想到梁庄主会如此，惊骇之下竟不知要如何动作。

"你们俩还不冲进来，更待何时！"

梁庄主话音刚落，我和六甲已冲到了梁万风身边，对他出手。梁万风反应及时，两招之后便抽身退了出去。此时聚风堂的武士也已围在门外，六甲带来的亲信也未敢妄动。

"好，你们要死在一起，我就成全你们，放火！"

梁万凤一声令下，火把和火箭纷纷投向书房，一时火光大起。梁庄主瘫坐在榻边。

"庄主，撑住，我们一起冲出去。"

"贤侄，六甲，老夫走不了了。六甲，你去那边书案后的架子上面，将那个信匣取走。贤侄，你们快带上这两个丫头逃走吧。老夫已料到会有这一遭，但老夫对得起天地，已经尽力了。去吧！"

"庄主，你……我知道了。庄主保重！"

"家主，感谢家主这么多年的养育之恩。"六甲跪在地上磕头。

"六甲，快起来，老夫不敢当。一贤侄会告诉你一切的，凤儿就交给你了。你们快去，快去！"

我行了一礼，背上了妹妹。六甲将信匣用布系在胸前，也背起了万凤。就在我们转身要走时，梁庄主喊住了我们。

"凤儿他……你们……"梁庄主眼中露出了乞求。

"我们会的，庄主放心！"

我和六甲对视了一眼，明白庄主的意思，向他重重地点了点头。庄主含笑望向我们，也点了点头。

"火德堂的兄弟们！"六甲喝道。

"在！堂主请吩咐！"

"今日我与众兄弟同生共死，保护小少主冲出山庄！"

"是！遵命！"

料事如神

"聚风堂的兄弟们!"梁万风也喊道。

"在!大少主请吩咐!"

"一个都不要让他们跑了!不必在意小少主,必要时格杀勿论!"

"是!遵命!"

火德堂的兄弟浴血护送我们离开,但聚风堂的人实在太多,我和六甲身上背着人也不便动手。眼见火德堂的兄弟越战越少,我们才勉强冲到了山庄的大门。我正想这样下去我们谁都走不了,就听到大门外响起了大队的马蹄声。

"来啊,驸马有令,万风山庄的人一个都不许放走,敢有出逃者,格杀勿论!"

是蒙面人和大胡子那两个驸马的走狗,他们领兵回来了。这下糟了!

"六甲,去石室!"

我和六甲背着妹妹和万凤,赶忙往石室的方向跑。梁万风在大门口和驸马的人会合后,一起追赶我们。一路上不断有火德堂的兄弟出来为我们拼死挡刀,我和六甲实在不忍心去看他们身上溅出的血。

我们进了石室,将入口关上,稍作休整,本想着叫醒妹妹和万凤之后再继续赶路,可是她们中毒很深,一点儿没有要醒来的迹象。这时,外面的人已经在对石室的入口刀砍斧剁,伴随着石头崩碎的声音,怕这石门也坚持不了太久。

"一兄，事不宜迟，咱们赶快出去吧，出口的石门也可以挡住他们一阵。"六甲道。

我们刚从出口脱出，就听到入口石门崩塌的声音。我们一路向前赶，忽然又碰到了一路人马，举着火把就朝我们这边冲来。

完了！我心想梁万风果然好手段，连后山的退路也给我们封死了，看来只有和他们死战到底了。我放下妹妹，准备和来人动手。

"玄基侄儿，是你吗？"

这声音好生熟悉，我心里顿时松懈了一下。待那人走近了一看，"段三伯，是你！你怎么会来？"我惊喜道。

"是张大人和梁庄主提前通知我的，叫我随时准备来接应你们。我们探得驸马已派人带兵来围剿山庄，我们的任务是营救你们，还不到和他们正面冲突的时候。梁庄主已提前告诉我你们要是逃走，必定会走这条路。我身后都是天下绿林的英雄，梁庄主已提前将他们调来，且已把武林令箭交给了我，现下由我来调遣。不过来接应你们的可不只有我，瞧瞧那是谁？"

段三伯话音刚落，就听得身后石门出口已被打破，聚风堂和驸马的人鱼贯而出。这时，只见一道白影从月光下蹿出，一声喝破天地的嘶吼声响彻山林，将追来的人全给吓住了。

"是白耳郎!"我兴奋地说道。

"就是它领着我们找到你们的。兄弟们,上呀,杀退他们!"段三伯喊道。

由于白耳郎的震慑,加上意料之外出现的救兵,没几时追兵就从石门退了回去,段三伯连忙护送我们离开。

一直赶路到天亮,离开山庄已有几十里路,万凤和妹妹才渐渐醒来,对自己身处郊外感到很迷惑。我把她们晕倒后的事情简单讲述了一下,对于梁万风骗梁庄主喝下迷情药一事,我还是对万凤隐瞒了。但听说梁庄主已葬身火海,万凤还是险些晕过去。

"爹!一哥哥,你说我爹已经死了,还是被我哥哥逼死的?哥哥,你好狠的心,害我就算了,怎么连爹你都下得去手啊?一哥哥,你说我该怎么办?"万凤大哭道。

"凤妹妹,你,先不要太难过了。现在只怕你哥哥已经和驸马搅在一起了,为了不让他再犯更大的错,我们要赶快去找我爹才行。好在,还有六甲会照顾你。"我一边说,一边看了段三伯一眼。

万凤此时才意识到她还在六甲的怀里,两人同乘着一匹马。万凤大羞之下想挣脱,但身体还是有些无力,可能想到已与六甲有过肌肤之亲,也就没再挣扎。六甲也是一言不发,脸上表情似乎很沉重。

"贤侄，再往北走一百里就到帝都的地界了。你们到了后，乔司尉会来接应你们。"

　　"接应我们？段三伯，你不一起进帝都吗？"

　　"张大人安排我等还有要事，我办完了再去与你们会合。"

第七章　救赎归宁

离帝都十里的客栈中，我们在房间里小憩了片刻。

"再往前就是驸马掌管的禁军巡查范围了，我们只能先到这里了。"

我们会意地点了点头。

"沧浪，啸天，你二人留下护我贤侄他们周全，我去给乔当家的送信。"段三伯吩咐道。

"太好了，咱有多久没有见到乔当家的了，他做了大官之后也不来瞧瞧咱兄弟们了。"

"休得胡言！大事成了之后，你们有的是与乔当家喝酒的时候。现在你们务必谨慎，别走漏了风声。切记！"段三伯嘱咐道。

"是，寨主！"

"段三伯，如果梁万风和驸马派去山庄的军队也从此路回来，岂不是会和我们碰到？"妹妹问道。

"无妨。这客栈是咱们自己的盘口，地下修有密道。他们若真从此路过，咱们正好可以探探他们的动静。"

段三伯带人走后，我们几人查看了一下密道和出口，发现密道中的很多位置，正好可以听到大厅和各个房间的声音。勘查一番后我们四人回到了房间，沧浪叔和啸天叔则守在门外。

"一兄……"六甲终于开口说话了，"家主临终前说你会告诉我一切，是什么事？"

"甲兄，此时还不能和你说明，到时候我会告诉你的，但是这个你千万要收好。"我说着，把金牌信物交给了六甲。

"是呀，甲……哥哥，梁庄主的那个信匣你也要保管好。"妹妹说道。

"二妹，你……也叫我哥哥了吗？"

"咱们经历过这么多次生死，叫哥哥亲切点呀。再说你和凤姐姐……你们一个是姐姐，一个当然是哥哥了。"

"傻妹子，以后你要叫万凤嫂子才对。"我打趣道。

"你们别胡说了，我，我……"万凤羞道。

"小少主，虽然你是公主，我六甲冒犯了你真是该死，可是家主最后将你托付给了我，我绝不会负了你的，我对天发誓。"六甲低声道。

"嗯，我知道。"万凤低着头说，然后突然看向我，"一哥哥，我……"

"凤妹妹，六甲会对你好的。我祝你们幸福！"

万凤不再说话。

一个时辰后，客栈外传来了马蹄声。

"沧浪，啸天，是你们！你们可都还好？"一个声音道。

"乔当家的！你可真把兄弟们想煞了！"

"等下咱们叙话，我贤侄他们在哪里？"

"他们在房间，请随我们来。"

二人将乔司尉带了进来，只见乔司尉着了身劲装，腰上别着块"刑部"字样的牌子。虽然在朝廷为官多年，但乔司尉脸上还带着绿林中的英气。

"你是张大人的公子？果然是气质非凡，不减张大人当年啊，哈哈，好！"乔司尉对我说道。

"乔司尉，我爹在哪儿？我们什么时候去见他？"

"张大人正在紧密部署，为了消息安全，连我也在等张大人下一步的指令。刚刚段三哥给我送来了消息，说你们到了，我便赶忙来接应你们。"

"那我们一直在这里等？"

"当然不是。等天黑之后，咱们从密道出去。在城墙附近咱们还有另一条密道，可以通往帝都城里面。"

"进城吗？大隐隐于市？"我问道。

"隐在御史王大人家里。"

眼看黄昏将尽，我们便准备吃了饭动身。我们刚要进入密道时，就听外面有大队人马的声音。

"梁万风和驸马的人到了，消息果然准确，快进密道。"

料事如神

乔司尉说道。

隔着墙，我们听到客栈大厅中人声嘈杂：有唤伙计喂马的，有叫小二上酒的，有吩咐要房间的。

我们没有离开密道，而是等着我们想要的声音传来，果然那是在二楼的一间客房里。

"我说大胡子兄弟，咱们离帝都城只有十里，为什么要在这里打尖，直接进城不就得了？"梁万风问道。

"你个乡下人懂什么？帝都城是有宵禁的，晚上关了城门谁也进出不得，除非是有皇帝的旨意。"大胡子说道。

"驸马不是管着城防的禁军吗？"

"大事当前，驸马现在也要低调行事。我们这次带兵出城，就已尽量掩人耳目了。现在大队人马要进城，你山庄的人若再不懂规矩，传到皇帝的耳朵里，岂不坏了驸马的大事？"

"我说你这位兄弟为什么整天蒙着个脸？都是自己人了，让咱看看真面目如何？"梁万风说着，作势要去掀开那蒙面人的面罩。

"这不劳你过问。"蒙面人向后一躲，"我且问你，你爹真的已经死了？"

听到这里，六甲和万凤瞪大了眼睛，希望得到否定的回答。

梁万风坐了回去，说道："他一刀捅在了自己的要害之处，大火起后又没见他从书房里出来，后来书房直接被大火烧塌了，想来已成灰烬了。"

万凤的眼中已涌出了眼泪，我示意六甲捂住万凤的嘴，别让她发出声音。

"你小子真下得去手，果然是个狼子。你没有去确认过尸首在不在吗？"

"张大一那几个小杂种跑了后，咱们就整顿人马往这里来了，我连我娘都没顾得上安顿，哪儿有工夫去看那烧毁的废墟？"

"你说跑了的那小子是皇子，此话可当真？他废了我兄弟一双手，又坏了我们哥俩儿的好事，他死之前我们可要好好折磨折磨他！"

"当然。本来我只猜到我妹妹万凤是公主，这个我已向驸马透露过消息。直到这小子来到山庄之后，我在他身上发现了他身世的秘密，这才确定他的身份是皇子。他来这里就是为了找公主的。"

"你说这些可有凭证？既然你妹妹是公主，我们凭什么不认为你就是皇子？"

"我若是皇子，还会和驸马、和你们搅在一起？还会出卖我爹和我妹妹？那小子身上有凭证，是一张印着皇子指纹的羊皮卷。你们不信，等抓到他验过就知道了。"

"这可难说，你小子什么干不出来？不过倒是很对驸马

————————————料事如神

的脾气。等驸马大事成了，少不了你的好处。"

"我先提前谢谢驸马了，还望二位在驸马面前替我美言几句。咱们接下来要做什么？"

"接下来你要冒充皇子，让驸马禀告皇帝下诏，废掉太子。然后你再向皇帝认祖归宗，做个便宜儿子。再然后你要向皇帝禀明，说自己无德无能，希望驸马继承大位，管治天下。详细的计划等天亮进了帝都城，驸马会交代你的。"

"到时如果那个真皇子出现了呢？"梁万风问道。

"出现了又怎样？咱们说他是假的，他就是假的，把他杀了不就完了。"

"太子那边会善罢甘休，毫无举动？"

"太子早就名存实亡了。当年皇帝想收回兵权也没那么容易，现在帝都城内的禁军仍在驸马的手里。太子除了等死还能干什么？"

我们不再耽搁，连夜从密道进了帝都城内，躲开了众人的耳目，来到了王大人家中。

王大人见到我时很是欣喜，一番夸赞之后，就不住地对妹妹和六甲打量观瞧，还不住地点头捋须，目光中透露着无限的慈爱，弄得妹妹和六甲很不自在。妹妹让六甲把信匣交给了王大人。

"贤侄啊，这些年苦了你爹了，这一次也难为你们了。这么多年，老夫一直盼着你们来，可现下你们真的来了，也就到了老夫该拼这条老命的时候了。"

我和妹妹自然明白王大人说的意思，但是六甲和万凤非常不解。王大人仍然没有说出事情的原委，只是叫我们待在府里后院的密室中。他亲自带我们去之前，还不忘让六甲和妹妹将金牌玉牌拿出来给他看了一眼。

乔司尉他们并没有和我们去后院，而是匆匆离去了。

"一哥哥，刚刚那个大人一直盯着双妹妹和六甲看，还让他们拿出什么牌子给他看，却不怎么看我，难道说他们两人有什么秘密的关联？比我和我哥哥的身世秘密还重要？"

"凤妹妹，你听我说。你和梁万凤确实不是皇帝的孩子，梁庄主一直是你们的亲爹。"

"什么？那爹他为何要骗我们？爹都把哥哥骗成了这样……"

万凤说着望了一眼妹妹和六甲，好像突然明白了什么。

"难道他们俩才是？这，这不可能！"万凤有点儿激动道。

"凤妹妹！现在还不是你瞎猜的时候，到时你会明白一切的。我们现在要做的，就是保护好他们。"

"一兄，难道说……万凤刚才讲的，难道我和二妹是……"六甲惊讶道。

"甲兄，再等等。"我说道。

　　　　　　　　　　　　　　　　料事如神

六甲又看向了妹妹。

"甲哥哥，再等等吧。"妹妹说道。

两日后，我们在密室听到王大人府中来了好多官兵。

"奉驸马的命令，怀疑有冒充皇子的反贼已潜入帝都城中，现在要挨家挨户地搜查，连官员的府邸也不例外。若发现有包庇窝藏者，按谋反罪论处。给我搜！"禁军首领说道。

"放肆！你们当这里是什么地方！我堂堂左都御史岂是驸马想搜就搜的！若是弄丢了我给皇上的奏章，你们有几个脑袋能担待？"

"王大人，我劝你还是配合点。现在帝都城里是驸马说了算，你不敢得罪皇上，但你应该更怕得罪驸马才是吧？给我搜！"

"好，你们要搜便搜，若是搜不出来，老夫明日的奏章就是弹劾驸马的！"

"王大人，我劝你识相点，将来保不齐还能升官当个丞相。不然到时候，你想告老颐养天年都没机会了。"

前来搜查的人并没有发现我们所在的这间密室，他们搜寻无果后就向首领复了命。那首领冷笑了一声，带着人离开了。

三日后的晚上，王大人来密室找我们，说这几天帝都上下闹得沸沸扬扬。驸马搜查反贼没有结果，就向皇帝禀明多年藏在民间的皇子已归来，但是公主却下落不明。皇帝一高兴，打算明日一早就让驸马带着皇子朝见，也许当朝就会颁布禅位的旨意。太子已经坐不住了，想办法联系了帝都城外的驻军，看来是要逼宫。

眼下形势迫在眉睫，我们的爹已经来了。

"二璇，你跟我出来一下。"爹说道。

一炷香之后，爹将妹妹送了回来。

"六甲，你跟我出来一下。"爹说道。

一炷香之后，爹又将六甲送了回来，然后转身要走。

"爹，那我呢？万凤呢？"我问道。

"要交代的事情我已和他俩说了，你不要多问，明日自有分晓。"

爹说完就走了，我和万凤看向了他俩。

"一兄，真的没什么，我其实都没太懂张大人的意思。"六甲道。

"哥，你别问了，爹就是叫我们见机行事，保护好你们。"妹妹道。

次日天还未亮，王大人便叫我和万凤一起换装成他府上的随从。

"王大人，咱们这是要出去？"我换好了衣服问道。

"你和万凤姑娘随我入宫，他们两人待在这里。"

我们出门时，六甲和妹妹向我们投来了关切的眼神，我也向六甲回了一个"我会保护好万凤"的眼神。

王大人乘着轿子，我和万凤跟在轿子的两侧，王大人嘱咐我们待会儿会惊天动地，让我们不必惊慌，他和爹已经将事情都准备好了。我们路过东宫的时候，太子的府前正在召集人马，我们趁着天黑未被注意，便加快了脚步。早朝之前，宫门是不开的，王大人拿出了皇帝赐的可随时出入皇宫的腰牌，守门的护卫便放我们进去了。

到了皇帝的寝宫，王大人叫值夜的太监进去通报，随后皇帝召见了我们。王大人用目光向皇帝示意，并没有说话，但是皇帝的眼中却露出了久违的欣喜。

"王卿家，这……他们就是朕的两个孩子？"皇帝的声音有些颤抖。

"陛下，臣方才看到太子府前已集结了人马，恐怕待会儿早朝的时候就会进宫了。"王大人并没有直接回答皇帝的问题。

"哼！这个乱臣逆子，他还敢来逼宫不成？他倒是小看了朕的亲军护卫！"

"恐怕帝都城外的驻军天亮后也会进城，但陛下不必担忧。驸马今天怕是不只带着他找到的皇子进宫，太子的人马先要对付的应该是他。"

"难道这两个孩子不是朕的……"

"是与不是，稍后陛下自会知晓。臣只能说他们也是陛下的至亲之人，等下就先让他们藏于陛下的寝宫吧。"

天逐渐亮了，皇帝更衣之后，便与王大人一同去上早朝。

"凤妹妹，你待在这里，千万别出去。"我说着就要往外走。

"一哥哥，你要去哪儿？"

"我担心皇帝有危险，万一有紧急情况，我也好帮我爹。你好好待在这里。"

"可是……"

我用眼神止住了万凤的话头，向她示意要听话，万凤点了点头。

我向侍候的内监说皇帝要我去送重要的公文，打听了朝会大殿的方向。那内监要领着我去，被我几下给甩脱了。大殿周围都是带刀的侍卫，我未敢靠近，藏在了不远处的角落里。这时，文武百官已跪在殿外，等着向皇帝奏报。

皇帝坐在大殿门内露天听政，在皇帝的权力和威严之下，百官不敢抬头，奏折均由太监呈给皇帝御览。看罢几道奏章之后，皇帝开口说道："众位爱卿，你们都是朕的股肱之臣。为了朕，你们可尽忠心；为了社稷，你们可肝脑涂地，朕很是欣慰。朕老啦，可这天下的百姓，将来朕要交给谁才能放心？你们能为朕解忧吗？"

"启奏陛下，太子贤德温厚，且已过而立之年，可为陛下分忧。"

说话的是兵部尚书，听语气肯定是太子的党羽无疑，想是多年来皇帝也未料到，太子已把手伸到了兵部。

　　"太子尚需要读书访学，这治理天下靠的是什么？朕一直也未找到个良师可以好好教他，他还难以担当大任！你们可还记得，十几年前，朕还有过一双儿女，不幸的是，他们在年幼的时候身染恶疾，恐将不治，朕就把他们送到了宫外为社稷祈福，后来再没有消息，怕是早已夭折多时。朕……"

　　"陛下节哀，请保重龙体！"群臣说道。

　　皇帝四下看了看，继续道："好在上天垂怜，得佑我两个皇儿尚在人间，现已长大成人。皇子已被驸马寻得，即刻便会被送入宫中。驸马何在？"

　　"儿臣来也！"

　　"参见陛下！"

　　随着一声唱喝，宫门再次打开，驸马带着梁万风走了进来，身后还跟着一队禁军兵丁。宫内的护卫见拦架不住，纷纷拔出了兵刃。

　　"驸马！你带兵前来是何意？"

　　"启奏陛下，儿臣听说有打着皇子旗号的反贼出现，恐对陛下不利，特意前来护驾。"

　　皇帝不动声色，对着拔刀的护卫一摆手，护卫便纷纷收起兵刃，在一旁侍立戒备。

"你说找到了朕的儿子，他在哪儿？"

"陛下，这位便是皇子！"驸马说着指向梁万风。

"儿臣参见父皇！"梁万风说着便跪下参拜。

"你是朕的皇子？快，抬起头来，让朕瞧瞧。"皇帝再次颤抖道。

待梁万风抬起了头，皇帝仔细地端详他，眼中带着笑意。

"孩子，这些年委屈你了，回来了就好，回来了就好，你妹妹呢？公主何在？"

"回父皇，我妹妹她……已遭奸人陷害，此时，怕已不在人世了。"

"你说什么？"皇帝一下惊慌失措，"驸马，你是怎么找到皇子的，公主的事你可知道？还有，他们身份的凭证在哪儿？"

"启禀陛下，儿臣也是派人多年寻访，最终在一个叫万风山庄的地方找到了皇子。那庄主将皇子养大，想利用皇子胁迫朝廷，已被我等所杀。皇子的身份凭证是一个印着火漆指纹的羊皮卷，已被奸人夺去；公主为了抢回，不幸遭奸人凌辱，恐怕已被害了。儿臣怕皇子有失，便先将其带回了京城。"

"驸马，你的话若当真，这事你办得很好！只是朕的公主……唉，也罢。众位爱卿，今日是朕父子团圆之日，举国

　　　　　　　　　　　　　　　　料事如神

上下庆祝三日。既然是朕的儿子回来了，朕的江山也算后继有望了。"

"恭喜陛下得与皇子团聚。陛下江山千秋万代！"群臣附和道。

"陛下，您已有太子了，恐怕这……"兵部尚书道。

"住口！太子？你们可知道一事，当年朕的两个皇儿为何突然病倒？就是因为太子派人给他们下毒，朕不得已才将他们送出宫去保护起来！太子德不配位，朕今日就要废了他这个储君！来人，传太子进宫！"

"父皇，儿臣已经来了！"

宫门再次打开，太子带着兵丁进来，宫里护卫再次拔刀相向。

"皇儿，你也带兵来了，是要逼宫吗？"皇帝再次示意护卫收起兵刃。

"儿臣不敢！只是父皇说当年是儿臣下的毒，父皇可有何凭证？"

"凭证？当年你所派之人，你肯定是想杀他灭口的。朕问你，那人你可找到了吗？哼！来人，将那下毒之人带来！"

待皇帝说完，亲军就押着一个宫女囚犯到了殿外跪下。

"朕说过，今日你只要实话实说，朕可饶你不死！不然你就等着给人陪葬！"

那宫女一听，立刻汗如雨下，一边磕头一边道："是！

是太子让奴婢给年幼的皇子和公主下毒的，奴婢确实下在了饭菜里。奴婢本不忍心，可太子用奴婢的家人要挟，奴婢是不得已，请皇上开恩，奴婢句句属实！"

"父皇！你怎可听一个宫女胡言诽谤！"太子急道。

"诽谤你？她是朕当场查出并拿下的。当年为了保全你不受议论，朕关了她这么多年，实指望你可以有悔改，不料想你却一再地错上加错。你以为这些年，你派人追杀你的弟弟妹妹朕不知道吗？"

"父皇，儿臣没有追杀皇弟和皇妹。是驸马！是驸马追杀他们，儿臣知道了是派人去保护的。"

"住口！一派胡言！驸马，太子说的可当真？"

"陛下，太子纯属诬陷儿臣！儿臣若是派人追杀，又岂会将皇子送进宫来？请陛下明鉴！"

"好！你们两人很好！来人，将另外两名囚犯带上来！"

亲军又将当年爹抓住的两个凶犯带到了殿外。

"你们两人还认得他们吗？"皇帝问道。

太子和驸马顿时僵住，面面相觑。

"这也是你们当初没能灭口的人，朕留着他们就是为了今日！"皇帝又对着两个囚犯说道，"将你们做过的事情讲出来，朕答应过不杀你们。"

于是那两人将当年太子和驸马如何派凶杀人、肆意构陷，又如何被抓获招供的事情说了一遍。太子和驸马的脸已逐渐僵硬，同时露出了凶狠的目光。

"你们还有何话说？太子和驸马触犯多条律例，多年来结党营私，草菅人命，今日还敢带兵入宫，意图谋反，罪无可赦！来人，宣诏！即刻起废除太子储君之位，贬为庶民，逐出宫去，余生不得再入京城！免去驸马一切官职，贬为庶民，着人监管，终身不得出公主府半步，否则杀无赦。公主责令改嫁和亲！"

"父皇，你不要逼儿臣！"太子说完，回头一声令下，由他带进宫的兵丁已亮出兵刃，围在了大殿周围，宫外也已被进城的驻军包围。

"护驾！"皇帝的亲军已呈多层阵势围在了皇帝身前。

"父皇，你现在下诏，宣布禅位于我，我还尊你为太上皇，让你颐养天年，否则，否则休怪儿臣……"太子一边说着，一边带人步步向皇帝逼近。这时我也悄悄地向皇帝靠近。

"若朕不答应呢，你要将朕如何？"

"我要……我要……"太子拿着刀仍在逼近。

"你要人头落地！逆贼，看剑！"

太子听到身后有人大喝，还没有来得及反应，已被驸马一剑穿心。

"你……你……"太子瞪大了眼睛，惊讶之余，话没有说完，便已倒地身亡。

见到太子已被斩杀，皇帝并未动声色。太子带来的兵丁见太子已死，一时不知所措，纷纷放下兵器投降，跪在原地。宫门外的兵丁却无动静。

　　"启奏陛下，儿臣早知太子今日要反，是特意来救驾的。儿臣对陛下绝无二心，请陛下收回刚才的诏命，放过儿臣吧。况且儿臣将陛下的新储君找了回来，还请陛下念及儿臣的功劳！"驸马心想终于解决了太子，下一步就该解决皇帝了。

　　"哦？你是来救驾的？太子虽已被废，但他还是朕的儿子，朕没有要他死，你竟敢杀了他！"

　　"陛下，儿臣恐陛下遭到不测，实属不得已，望陛下恕罪。儿臣想请陛下降旨，立新皇子为太子，现在就禅位于他。这是儿臣的心声，也是满朝文武的心声，更是天下百姓的心声。"

　　"哦？禅位的事轮到你来逼朕做了吗？你好大的胆子！"

　　"儿臣不敢！只是太子乃国之根本，废太子已伏法，新太子确应当立。只是若只立了太子，恐夜长梦多，朝野动荡，不如即刻叫新帝登基，安定天下。望陛下恩准！"

　　驸马说完，反意已露，手下的禁军也纷纷缓慢地拔出了刀剑。皇帝只当没看见。

　　"你真是为了国事考虑？也罢，皇儿，你上前来听宣。"

　　　　　　　　　　　　　　　　　　料事如神

"是，父皇，儿臣在！"梁万风激动万分。

在皇帝下诏之前，梁万风跪在地上，突然感觉到背后有一股寒气袭来，回头看驸马已拔出刚刚杀了太子的剑站在他身后，用力地对他使着眼色，命令他赶快将该说的说了。

"朕下诏，着令新皇子……"

"父皇！儿臣启奏，请将皇位传于驸马！"

"你说什么？"皇帝惊讶地看着梁万风。

"儿臣才疏学浅，未曾有功于社稷，实属德不配位，名不副实。驸马救驾功高，统兵有方，又勤于政务，深得民心。请父皇将皇位传于驸马，儿臣拜乞了！"

驸马嘴上露出了一丝微笑，皇帝却冷冷地看着他。

"你这话可当真？"随后皇帝突然大喝一声，"是谁教你这么说的？！"

"是驸马叫儿臣这么说的！他说儿臣不这么说的话，他就会杀了儿臣。就算儿臣真的继了位，也是他的傀儡，这朝廷还是他说了算；他也会想办法废掉儿臣，自己当皇帝。"

梁万风说完，驸马的脸色都变了，显然他没有料到梁万风会使这一手，手中的剑已经举起。

"你胡说八道！竟敢诬陷我！"

驸马说完就用剑刺去，但他没料到，梁万风的武功远在他之上，轻易地就躲过去了。

"驸马，你敢刺杀皇子？"

"陛下，儿臣失察！儿臣一直怀疑这个皇子的身份，现在看来他是假的！"

"说他是真皇子的是你，现在说他是假皇子的也是你，你当朕是傻瓜吗？！把驸马给我拿下！"

"谁敢上前？来人，围住皇帝！"驸马大喝道。

驸马此刻的兵比太子之前的兵多了许多，宫外似乎又传来了团团围住的动静。皇帝身边的护卫再次围护在皇帝周围，但奇怪的是，刚刚一直投降跪在地上的驻军，此时纷纷捡起了兵器，一起围住了皇帝，只是他们兵器所对的方向，是驸马。

驸马顿时错愕，一时不明所以，所幸看到自己带进宫的禁军仍听令于自己，稍感放心之后，便向宫门方向喊道："宫外将士还不进门杀了皇帝，更待何时！"

门外没有动静。

"功成之后，我们共享富贵，将士们更待何时！"

门外仍没有动静。

皇帝冷冷地看着他，在驸马喊了两声命令无果后才开口道："你竟敢刺杀朕！你敢谋反？朕刚刚才为了公主饶了你的死罪！看来朕对你还是太仁慈了，这下公主也怨不得朕了。"

"你不用装腔作势，皇宫里外都已被我的禁军控制了。

——————————— 料事如神

你现在下诏禅位于我，我还可以放你一条生路，让你和公主父女团聚，否则……"

"你的禁军？那不过是朕的一些叛军而已！打开宫门，让驸马看看他的禁军在哪儿。"

宫门打开，只见驸马带来的所有禁军，都被太子带来的驻军用刀架着跪在地上。驸马再次错愕，一脸难以置信。

"不可能！怎么会？"驸马道。

"怎么不会？这就是你的禁军吗？你看看那是谁！"

驸马看到门外正中，他的禁军头领跪在地上，脖子上架着刀，拿刀的人正是乔司尉。

"驸马，你还不投降？现在投降，朕还可以赐你个全尸！"

"哼！今日事若不成，我就活不了了，死都死了，全不全尸又如何？来人，先把皇子拿下！"驸马一声令下，士兵纷纷将梁万风围住，驸马走过去用剑抵住梁万风的脖颈。梁万风知道此时驸马必须以他作为人质，并不会立时杀他，索性没有动。

"你若不下诏禅位，我便将皇子杀了！太子已死，你再没有其他儿子，这江山很快便不是你家的了！"

"你敢威胁朕！即便你杀了皇子，朕没有其他儿子，这天下也当是有贤德者居之，朕可以效仿尧舜。皇子今日若死于你手，也算是为社稷捐躯，这也是他皇家身份的使命！

你可以动手试试看。"

"什么？你！我真的会杀了他！"驸马急喝道。

梁万风显然没有料到皇帝会置他的死活于不顾，惊讶之余暗中运起内气，做防范脱身的准备。

"你不念及公主对你的情意了吗？非要连累公主与你一起受苦吗？"皇帝低沉道。

"我眼下连自己的死活都管不了了，哪还管得了公主？反正她是你女儿，你又不会杀她！"

"公主吾儿，你可都听到了吗？出来吧！"

驸马再次错愕，他没想到公主会在宫里——他明明派人将公主禁锢在府里，关键时作为人质。只见公主从大殿的门后徐徐走出，到了皇帝身边，在公主旁边还有一人跟着走出，我定睛一瞧，竟然是爹！

"驸马，你为何如此？我已哀求父皇不杀你，恩准了留下你的性命，你却……你不管我了吗？你好狠的心！"公主说着低下头哭泣。

"贱人住口！你果然还是和这个姓张的合谋算计我！你对我的情意？呸！你当我不知道？这些年你从来就没有忘了他！当初皇帝开口赐婚要你嫁他，那是何等的荣耀，他姓张的竟然抗旨娶个村姑也不要你！堂堂的公主在他眼里竟连个村姑也比不上。他不要你，你不得已才嫁给了我。我这个驸马从一开始就是戴着绿帽子上任的，我比这姓张的

　　　　　　　　　　　　　　　　料事如神

差在哪儿了？你与我在一起这么多年，仍对他一往情深，哪怕是恨，你也在想念着他，你教我如何咽得下这口气！贱人！你以为我为什么谋反？当初我陷害他，后来这么多年我一直追杀他，就是为了绝了你的念想，为我自己出这口气！谁知这姓张的手段凌厉，又有皇帝护着他，我伤不到他分毫！我只有自己当了皇帝，才能十拿九稳地灭了他的九族！我虽然把你关了起来，但夫妻一场，我没想要害你，是姓张的把你救出来的吧？他为何知道你被禁锢而去救你？你还说你和他没有私情？"

公主只是不住地摇头，泪流不止。

"驸马，公主嫁给你多年，你又何曾了解过她？你谋反犯的是诛九族的罪，公主用性命相逼，才让陛下放你一条生路。她对你若无情意，又怎会如此？这些年，连陛下都不知道我在哪里，公主又怎会知道？又何来与我的私情？是你的嫉妒害了公主和你自己！"爹缓缓说道。

"你给我住口！大不了鱼死网破！我今日先杀了皇子，再亲手了结你！"驸马说着就要动手。

梁万风眼见不妙，趁驸马情急分神之机，急忙使出一招"蜂鸟躺坠"，左手肘打在驸马的石门穴上，右手向上穿起将驸马拿剑的手腕向外推出，同时一个向下缩身，向侧边一翻身逃出了驸马的掌控。

"皇子好俊的身手！"皇帝冷冷地赞道。

"将士们，给我杀了皇帝，杀了皇子，杀了这姓张的，上啊！"

这些禁军看到了眼前的形势，知道已徒劳无益，都没有动作。

"朕知道你们是受了驸马的蛊惑，朕不想看到有人流血，现在投降，朕可饶了你们，你们还是朕的禁军。"

"是，我们愿忠于陛下！请陛下恕罪！"禁军纷纷扔下兵器跪在地上。

"你们！你们竟敢背叛我！"

驸马怒不可遏，举着剑上前砍杀了两名将士。待要砍第三个时，梁万风突然出手，用"鹤唳连环脚"踢中了驸马的手臂、小腹和胸口。驸马的身体向后倒去，剑脱手飞出被梁万风接住，他接着一招"平雁落剑"，已将驸马的右手砍下。站在皇帝前排的驻军，立时冲出来两个人，将驸马拿下。这两人好生眼熟，我一瞧竟是沧浪叔和啸天叔。

"父皇，恕女儿不孝！"公主说着跪下。

"你还要替他求情？"皇帝没有看她。

"女儿可以不做这个公主了，再不行用我的命换他的命，只求父皇开恩！"

"你！你连父皇都不要了吗？朕是多么地疼爱你……"

"女儿不孝，求父皇开恩！"

"唉，女大不中留啊。不管驸马变成什么样，你都不会

　　　　　　　　　　　料事如神

离弃他吗？"

"是，父皇。"公主泪如雨下。

"驸马，你听到了吗？你还敢说公主对你没有情意吗？"

"我不需要她假惺惺地可怜我，你要杀要剐都由你！"

"求你了，别再说了，我此生只愿随你一人！"公主哀求道。

驸马低头不再言语。

"好吧，朕答应你，可是朕却不能轻饶了他。来人，将驸马的手脚全部砍下，和公主一起贬为庶民，逐出京城！对外宣诏：驸马谋反作乱，已伏法受诛。"

"谢父皇！"公主下拜磕头。

"吾儿，以后你再看不到朕了，一切都靠你自己了，希望这畜生不会辜负了你的心意。让父皇再好好看看你。"皇帝含泪看了公主良久，道，"去吧。"

在护卫架起驸马行刑之前，驸马开口道："陛下，我马上就要成为废人了，你还不如杀了我，我何必……何必还要拖累她！但我还有一事不明……"

皇帝没有接话，爹却站了出来。

"你活着便是成全了公主，希望公主日后可以感化你。至于你不明白的事，我来告诉你。太子带来的驻军为什么会倒戈？太子以为他和兵部尚书勾结，就能调动京郊的驻军吗？即便那是太子的旧部，多年来受到皇帝的恩遇，也不肯再为太子背叛朝廷了。皇帝早已将虎符给了我，是我去了京郊大营，与营中的将军计划好了这一切，都是陪着太子演戏的，为的就是将太子和你的阴谋公布于天下。太子带进宫的人都不是驻军，而是绿林的英雄们，他们都是来保护陛下的。你带来的禁军，凡在宫门外的，早已被我安排的驻军一一拿下了。你还记得他吗？他和宫门外的那位就是当年被你陷害的段郎中和乔司尉。"

听爹这一说，我看到人群中一个"驻军"的头领抬起了头，之前帽子的阴影下挡住了他的脸，不是段三伯还是谁？在他旁边的还有沈捕头。

"好手段，真是君子报仇，十年不晚！原来你才是报复的高手。早知如此，我当初便不该与你为敌！可是为了公主……我情愿如此。"

"对公主好一点儿，她爱的人是你！"爹沉吟道。

驸马没有再说话，被护卫架着离去，公主也跟着走了。

"将叛军押下去，各仗责一百，有愿意继续尽忠的，待伤好后重新整编，不愿效忠的即刻斩首。将叛军的头领凌迟处死。兵部尚书串通太子谋反，私自调兵，罪在不赦，现革去官职，着三司会审，查清罪状后凌迟，诛灭三族。"

"陛下饶命！臣知错了！"兵部尚书和叛军头领被带走。

"父皇，我……"梁万风突然开口道。

料事如神

"好，你既说自己是朕的儿子，朕也说过了，江山要后继有人，朕现在就下诏立太子。来人，随朕进去，朕要亲自写诏书。"

皇帝转身朝殿里的龙书案去了。梁万风脸上现出得意的神情，但心里仍然嘀咕着，他没有想到皇帝竟这么轻易地相信了他。

不一会儿，皇帝让人拿着诏书出来，指明让梁万风自己宣读。梁万风颤抖着接过诏书，满朝文武跪在地上听宣。

"奉天承运，皇帝诏曰：朕清平天下，国泰民安。为江山永固，社稷当由后人继之。朕现擢立自民间长大、一直在为社稷祈福的皇子为储君。宣六甲为皇太子，明年元月朕即禅位于太子……"

梁万风突然顿住了，表情仿佛被雷击到。

"怎么是六甲！不可能，父皇，我才是皇太子。六甲是我多年的手下，他是冒充的！"

皇帝并没有答话，仍坐在龙书案后。

"让开，我要进去见父皇！"

梁万风要往大殿里闯，被重重护卫给拦下了。

"大玄，还不出来见驾吗？要藏到几时？"爹喝道。

爹什么时候发现我的？我只能悻悻地从大殿墙角后转出。

"爹。"

"从你到这儿爹就知道了，你来和他讲吧。"

没有顾及梁万风的惊愕，我朝爹说了声"是"，便转身对着他。

"你不用这么惊讶，真正的皇子本来就是六甲。你真的以为你可以利用驸马蒙混过关？你和驸马不过是互相利用而已。你们要解决的第一个共同目标就是太子，太子死后你们便各自打起了算盘。皇帝早知道你不是皇子，所以皇帝问你公主妹妹在哪儿的时候你说不出，问你可有信物的时候你还是说不出。皇帝说的信物可不是那个火漆指印，那火漆只有我爹才有，再说那指印是十多年前六甲印下的，你若不信，六甲可以当场证明。真正的信物是皇帝御赐的金牌和玉牌，皇子和公主各有一个，金牌在六甲那里，玉牌嘛，在我妹妹璇玑那里。没错，我妹妹就是真正的公主，这些年一直是我爹和我在保护着她。而六甲却是由梁庄主在保护，为了掩人耳目，才让你和万风背上了皇嗣的身份。让我们都没有料到的是，你竟然为了皇位勾结驸马，陷害六甲和自己的亲妹妹。在得知自己不是真皇子的时候，你竟然对你爹都下了手，竟然要逼他做出禽兽之事。你爹不肯，你竟然放火烧死了他。你，你简直就是牲畜不如，江山又怎么会交到你这个天理难容的小人手里！你放弃吧，回头是岸。我和六甲答应过梁庄主，会放你一条生路。"

"我若偏不呢？我这么多年的努力，不能让你们给毁

　　　　　　　　　　　　　　　———— 料事如神

了！六甲何在，我要问个明白！"

梁万风说着，举起剑对着众人。

"六甲就在大殿里，放他进来！"皇帝发话了。

我和爹等一众护卫围着梁万风进了大殿，只见六甲和妹妹站在大殿的一侧。原来爹在我们和王大人出门后，便秘密将他们二人送到了皇帝上朝的大殿里，想必爹和妹妹已将身世告诉了六甲。

"你不用问了，陛下上朝之前，已见过了六甲和璇玑，验过了指印和信物，他们才是陛下的亲生儿女。你，还是投降认罪吧。算是告慰你爹的在天之灵，我会向陛下求情的。"爹对梁万风说道。

"哼！事到如今，我已退无可退，当不成皇帝，我活着还有什么意思！我先杀了六甲，看剑！"

梁万风一个"鹰隼冲刺"，举着剑便向六甲刺去。六甲还没有动，爹已经出手将他拦下。

护卫们马上要去围住皇帝护驾，却被皇帝摆了摆手道："你们都退下。"护卫们不明所以，只能暂且都退了下去。

梁万风和爹过了几招，见敌不过爹，便转身刺向妹妹。他是打算有一个杀一个，我忙拿出盘龙棍与他交手护住妹妹。在我和爹打算合力将梁万风一招拿下之际，他却突然向我们虚晃一剑，一个"燕子转身"扑向了皇帝。

我正要去救护皇帝，但落在他身后已来不及，无意间看到爹停下了脚步。我正奇怪爹为什么不去救驾的时候，就听"哧"的一声，梁万风的剑已刺透皇帝的胸膛。

"啊！梁万风，你！"我急忙喊道。

殿外的护卫再次冲了进来，又被皇帝摆手喝令退了出去。文武百官看到皇帝遇刺，纷纷在外面焦急吵嚷。但见护卫们都被退出来，也没有人敢私自进殿。

"哈哈，我杀了皇帝，太子和驸马干不成的事，我做到了！"随后梁万风看着我们，"你们有凭证又如何，都是假的。现在皇帝死了，我说我是皇子，你们就要让我当皇帝。哈哈。我现在就写诏书，用玉玺，昭告天下！"

"风儿，你这一剑，将万风山庄的一切彻底断送了。你也断送了你自己！"

皇帝缓缓抬起头，看着梁万风。

"什么！你，你是……爹？"

梁万风不敢相信自己的眼睛，更不敢相信手中的剑穿过了他爹的胸膛。

"爹！你没死！"

"风儿，你是多希望你爹死啊！爹一次次地要救你，你为何要如此执着？"梁庄主道。

"不！这不可能！那天书房都被大火烧塌了，你并没有出来。你不可能还活着！更不可能……"

"更不可能被我的亲儿子亲手杀了？你已经杀过你爹一

　　　　　　　　　　　　　　　　料事如神

次，还怕再杀一次吗？"梁庄主顿了一下，提了一口真气，"没错！爹没有死，你以为爹为什么自己做土飍堂的堂主？爹自己的书房会没有逃生的机关通道吗？爹为什么多年来不让你们进入书房，就是防着你这个浑小子发现爹的密道。爹知道你那迷情药的厉害，早从你那里取了解药放在身上。爹插向自己的那一刀，也是用爹特制的匕首，做戏给你看的。书房的床榻之下，就是爹逃走的路线。"

"不！爹，你为什么要帮他们而不帮我？"

"爹这就是在帮你呀！六甲是皇子，他日将登上大宝，爹已经求他放过你了。张大人是爹的恩人，又是爹保护皇嗣的同盟，爹也求过他的公子放过你，皇帝会念他这个人情的。但是爹万万没想到，你会来杀皇帝。爹今天替皇帝受了你这一剑，是最后一次救你了。风儿，收手吧，有爹和张大人在，你成不了事的。算爹求你了，给咱们梁家留下血脉吧！"

梁万风没动，手掌还没有离开他的剑，一时不知所措。

"梁万风，你要辜负你爹的一片心吗？你爹今天是主动来给皇帝当替身求死的。我劝过你爹，为了你不值得把命搭进去，可是你爹不肯，他为了你能活下去，延续你家的香火，可以用自己的命来替你赎罪。你可知道，你还有你娘要照顾！"爹沉声道。

"爹……我……不！爹，你别死！孩儿知错了！"

梁万风一边哭道，一边松开了手中的剑，但是他不敢拔出。

这时，皇帝从大殿的另一边走了上来，爹赶忙过去护住。

"陛下，老夫这条命可以换我风儿的命吗？"

"朕已答应过你，他如肯悔改，朕会放过他。这些年你把皇子照顾得很好，朕很感谢你！你有功，朕也不要你死，来啊，传太医！"

"陛下，不必了，这伤没得救，老夫谢陛下开恩了！"梁庄主又提了口气，转向爹道，"张大人，老夫没令你失望吧？"

"梁庄主，你从来没有。我会照顾好风儿，你放心吧。"

梁庄主点了点头，看向梁万风道："风儿，以后要听张大人的教导，以后他就是你爹了。照顾好你娘，爹去了。"梁庄主即将闭上眼睛。

"爹！你别死！孩儿知错了！你别死！"梁万风哭到情绪崩溃。

"公主侄女，老夫再求你一件事。"梁庄主用尽最后的力气对着妹妹道。

"什么？"妹妹已泪流满面。

"你爹教你的截心指你还没用过吧？风儿差点儿那样对

———————————————— 料事如神

你，你都没有伤他，老夫今日求你用这招送老夫一程。"

"梁庄主，为什么？"妹妹急问道。

"你爹他明白的，快动手，老夫就要撑不住了。"

妹妹看向爹，爹点了点头，便将脸扭过一边去了。

妹妹走上前，伸出颤颤巍巍的手指，始终落不下去。当终于鼓起勇气要点去的时候，她发现已经不必了，梁庄主的眼中已没有了光芒。

爹走了过去，在用手将梁庄主胸口的剑拔出来之前，仍然对妹妹示意道："送你梁伯伯一程吧。"

妹妹的手指终于在梁庄主的身上象征性地点了点。

"你们不要碰我爹！我爹，我爹他还活着。"梁万风大叫着冲了上来。

"风儿，你爹已经去了，你好好冷静一下吧。"

爹闪电般出手，点在了梁万风的昏睡穴上，我和六甲上前将他扶到了一边。此时万凤也被王大人带到了大殿之上，看着逝去的梁庄主和昏睡的梁万风，万凤泪湿了衣衫。六甲简单将事情说与万凤后，便在一旁不住地安慰，万凤扑进六甲的怀里继续哭泣。皇帝没有理会其他事情，眼睛只在六甲和妹妹的身上来回观瞧，细细地看了好一会儿，但没有急着让他们上前去。

皇帝随后叫人将梁庄主抬了出去，把梁万风也带下去看管起来，又命人将大殿内外清理干净，然后走出大殿坐在龙椅上。文武百官见皇帝无事，随即下拜朝贺。

"恭祝陛下洪福齐天，得佑吾主千秋万代！"

爹和我们一干人也跪在了皇帝的身前。皇帝只叫爹、王大人、六甲、万凤、我和妹妹等几人平身，其余大臣仍跪在地上。

"带那两个囚禁公主的人上来，他们也是驸马的帮凶。"

皇帝一声令下，护卫已将大胡子和蒙面人带了上来，只见他们跪在地上，抖如筛糠。

"凤儿姑娘，张卿家救出公主时已将他们擒来，朕将这两个人交由你处置，如何？"

"陛，陛下，小女子再不愿看到他们。"万凤将脸别过一旁。

"这容易，将他二人拉下去斩首，还给凤儿姑娘一个清净！"

皇帝一句话便将他二人杀了，万凤虽未料到，但终究也未再说什么。

"众卿家，今日驸马与太子作乱，又有贼子意图行刺，朕是经历了三次身险，这江山几乎是三次易主！"

"臣等无能！"

"尔等都是治世之能臣，帮着朕把这天下管好就可以了，朕也不指望你们一个个都能舍身救驾平叛。朕多年前也对众卿家撒了一个大谎，将朕的皇嗣送出了宫外。朕不这么做，想来朕的一双儿女也活不到今日。六甲，璇玑，你们转过身去，拿出你们的金玉赐牌，让朕的大臣们看看，你们就是朕的皇子和公主！"

"恭喜陛下与皇嗣团聚，江山后继有人！"

"这回是真的后继有人了。刚刚宣读的诏书你们可听到了？朕已立了六甲为皇太子，明年元月朕即禅位，改元'天值'。众卿家和朕还要继续辅佐新帝治理天下，不可怠慢！"

"臣等万死谨记！"

"你们还记得朕的这位张卿家否？十多年前，正是张卿家救朕于危难之中，给朕出了良策，稳住了太子和驸马当时的反举，将朕的两个孩子照护抚养成人，替朕监视着朝野内外的动向，今日又献计救驾平叛。这就是朕曾经的大理寺少卿，刑部左侍郎！传朕的旨意，封张卿家为护国将军，一等擎裔侯，赐封地千里，食百万户；赐虎符，可调遣二十万驻军护国勤王。"

"谢陛下，臣不敢领旨！陛下难道忘了刚刚的事？陛下自有天神护佑，一切化险为夷都是陛下的仁德所致，臣不敢居功。臣已闲云野鹤多年，无心再参与这朝野的权争，这天大的权力和财富臣是万万不敢受的。"爹直起身，用眼神引着皇帝跟着一起环视四周，然后朗声说道，"若臣居高位，久之必会遭到奸人算计，那时若惹来陛下的嫌隙，臣当如何自处？请陛下收回成命，还是让臣继续闲游在世间吧，臣不胜感激皇恩！"

皇帝看着爹，看着这个可以为他出生入死的忠贞之臣，体会到了爹的用心，良久不说话。

"张卿家，你，你不管朕了吗？你可知朕封的'擎裔'二字是何深意与期许？你对朕的功德如此之大，天下朕愿与你分而治之……"

"陛下！此言不可出！这是教臣九族死无葬身之地！陛下的恩情臣无以为报，臣虽不在朝，但仍是陛下最忠诚的臣子，仍会为陛下赴汤蹈火！只是这天恩太重，臣不敢接受！"

"好吧。朕依你，但接下来朕的决定你不可再推辞！朕要赏你个地界，让你衣食无忧，这总可以吧？朕问你，你想去哪里？"

"陛下如此说，臣不好再推辞。臣也没有具体的地方想去，也不消多大，陛下若赏赐，不如将万风山庄赐我便了。一来可以照护梁家的祠堂，告慰梁庄主在天之灵；二来可以看护梁万风，让他改邪归正，照顾好他娘；三来可以离陛下近一些，陛下若遇情急，可派人去那里寻我。其他的赏赐，臣再也不要了！"

"众卿家，你们可瞧见了？张卿家如此贤德谦逊，对朕的赏赐没有一点儿是为自己徇私，当为汝辈之楷模！宣诏，仍封张卿家为一等擎裔侯，赐万风山庄方圆一百里为封地，食万户，赐护卫三万，朝廷供饷。张卿家，这总行了吧？"

"谢陛下隆恩！只是梁庄主他……"

"万风山庄的梁庄主，多年来看护皇子，已为朕舍生取义。虽然他的长子有谋篡之举，但也都是因朕而起，只叹是天意弄人罢了，朕不予再追究。朕感念梁庄主的救驾护国之情，现追封他为二等护嗣侯，将来由他女儿梁万凤的第二个儿子世袭罔替。梁万凤就由张卿家带回山庄去好好看管吧，梁庄主的尸首也由张卿家带回山庄安葬。"

"臣替梁庄主谢陛下隆恩！"爹答道。

"左都御史王卿家，多年来功不可没，擢升太子少师，从一品，兼任右丞相。"

"谢陛下！"王大人答道。

"乔司尉擢升通政使，刑部右侍郎。"

"谢陛下！"乔司尉答道。

"擢升段郎中刑部左侍郎，另赐'侠义至仁'金牌，管理调遣天下武林英雄，总部设在万风山庄聚风堂。今日各位英雄有功于社稷，朕赐金银十万两，望诸位日后继续行侠天下，匡扶正义。"

"谢陛下！"段三伯和众英雄答道。

"沈寺正擢升大理寺少卿，封白耳郎为虎贲将军。"

"谢陛下！"沈捕头答道。

"擎裔侯你过来。"

皇帝看了看我们几人，又叫爹上去耳语了一番，然后不住地微笑点头。

"梁万凤曾冒死送信，有功于社稷，对太子多有照拂，又与太子青梅竹马，情投意合。现封梁万凤为太子妃，择吉日与太子完婚，待太子登基后立为皇后。凤儿，现在你可知朕为什么要你第二个儿子继承你爹的爵位了吗？"

"是，儿臣知道了。"万凤红着脸应道。

"封张璇玑为玉宁公主，即日起留在宫中。你好好陪陪朕，日后朕为你好好选个驸马郎。"

"陛下！是……父皇，我不要选什么驸马，也不要留在宫中，我只要和我哥哥在一起。爹，您和父皇说呀。"

妹妹怕被皇帝嫁给别人，赶忙向爹求救。爹没有说话，只是和皇帝笑着对视。

"哈哈哈，朕已知道你这个孩子从小与擎裔侯的公子一起长大，情分匪浅，但你们一直以兄妹相称，就算后来知道了没有血缘关系，但是感情上也殊难转变。碍于伦理之德，你们也不可在一起，何况……张玄基这小子有对你许过什么承诺吗？"

"他……虽没有，但是父皇，我知道他的心意。我们没有血缘关系，就不妨伦理之德了。我……我就是要跟着他，走遍天涯！"

————————————————料事如神

妹妹从起初的小声，到后来眼神变得坚定。

"他没有许诺，你为何要跟着他？父皇不许你再在外面吃苦！"

被皇帝逼到如此境地，我也是没有办法了。

"陛下，我会对妹妹……对公主好的，我会照顾她一生一世。我对她的情意天地可鉴，我要娶她为妻，望陛下恩准！"

"哥……你……"妹妹看着我，流下了眼泪。

"哈哈哈，好！朕就在等你这句话，不然朕凭什么将公主嫁给你，哪怕你是擎裔侯的儿子！众卿家，这个张玄基是擎裔侯的公子，从小护卫在公主身边，近日又多次救过太子和公主，功不可没！小子，现在听好了。朕封你为玉宁公主驸马，择吉日与公主完婚。擎裔侯的爵位日后由你世袭罔替。另外封你为大理寺卿，比你爹以前的职位还高，如何？在京城另赐你'驸马府'，让公主陪朕几日，待你们完婚后，便与公主搬过去住吧。"

"谢陛下赐婚！但是陛下，我只要公主便足够了，官职和府邸我是不敢受的。"我也领会了爹刚才的意思，随后大声地说道，"陛下不怕有第二次驸马之事吗？我只求带着公主云游四海，做一对快乐无忧的夫妻，请陛下恩准！"

"你！唉，你还真是和你爹一个品性，朕不知是该高兴还是该发愁。朕的女儿刚刚回来，你就又要带她远去，看来公主也是要跟你走的。罢了，你们记得要时常回来看望朕，朕老了，你明白吗？"

"是，陛下！"

"公主，朕的女儿，朕再问你一次，你当真要随他离去？"皇帝仍是不舍。

"父皇，我们会经常回来看您的，给您讲外面好玩的趣事。"妹妹回道。

"好，好。"皇帝不再说话。

风波已经平息。爹下了一盘好棋。

妹妹还是被爹要求在宫中住了几日，陪皇帝和六甲叙叙亲情，也陪万凤聊聊心事。我和爹则带着梁万风和梁庄主的尸身回到了万风山庄料理一切，爹还派人将娘也接了过来。梁庄主的灵位祠堂已布置好，皇帝御赐的爵位印信也放在了供桌上，梁管家跪在灵位前给梁庄主上香。当初梁管家在书房密道中寻到了梁庄主，为不引起梁万风的怀疑，本想替梁庄主死在火焰之中，被梁庄主拒绝了。后来得知梁庄主要为皇帝送命，梁管家再次要替梁庄主去，又被拒绝了。梁庄主告诉他，只有舍出自己的命才有可能保全山庄上下，要他活着以后好好照顾风儿母子。梁夫人满面的寂寥，已没有了往日的光彩，她因梁万风给山庄惹来了杀身之祸，整日吃斋念佛。现今皇帝开恩虽已无事，但她心如死灰，再无心管理山庄之事，一切都交给了爹去料理，她只管照顾她的风儿。

梁万凤回到了山庄之后，精神疑似出现了问题，整日都疯疯癫癫的。

"爹不是我杀的！是你们，是你们杀了我爹！我要给我爹报仇！"

"爹说我是皇子！没错，我杀了皇帝！这天下是我的了，哈哈哈哈哈！"

…………

爹看到总会叹气，一边想请大夫治好他，一边又认为他这样沉醉在自己的梦里也很好，至少不会太伤心难过。若是治好了他，然后呢？他还会不会报仇谋反？爹又该拿他怎样？

一年后，做了皇帝的六甲还是派人给爹送来了"辅国将军"的印信和虎符，也把给我的"大理寺卿"官印送到了万凤山庄。早在那之前，我和妹妹就已带着六甲和万凤写给我们的信，走在了去爹的小酒馆的路上。

"小妹，你真的愿意放弃宫里锦衣玉食的日子，跟我浪迹天涯吗？"我一边搂着妹妹乘着马，一边问她。

"还叫小妹，你不应该叫我娘子吗？不然让人家看到听到，我们这算什么样子！"

"娘……子，哈哈，我还真是不太习惯，有点儿叫不出口。"

"算了，我也不习惯叫你夫君。对了，哥，梁庄主死前为什么叫我去点他？爹始终也没有告诉我，你知道吗？我总觉得爹对我们还有什么秘密没说。"

"你想，梁庄主会希望最后死在自己儿子的剑下吗？他当然宁愿是你杀了他，不然他怎能瞑目？这是其一。其二，梁庄主与爹惺惺相惜多年，是英雄敬英雄。他知道爹的绝世武功已传给了你，你却从来没有使用过，他想让你出手一次，就当是个练习的机会，同时死在爹的绝招之下也不枉此生了。这三来，梁万风刺杀皇帝，梁庄主虽替身而死，但是希望皇帝能够真的放过他儿子。你是公主，让你出手，就相当于救驾平乱，给你和我增添一份功劳，堵住大臣们的口，也算给皇帝一个交代。"

"原来是这样！这也都是爹和他商量好的吧？"

"事情虽已结束，可我总觉得爹还有什么事瞒着我们，该不会你这个公主仍是假的，咱们还是……"

妹妹听我这么一说，无暇思索："啊？！你不要吓我！可是……咱们不会真的还是……"